사랑, 그 달콤함에 대하여

사랑하는 소중한 사람에게 주고싶은 선물

사랑, 그 달콤함에 대하여

윤영 엮음

북팜

세상은 무한히 넓으면서도 한편으로는 좁습니다. 낮은 긴 것 같으면서도 짧습니다. 행복은 남의 것인 동시에 나의 것도 될 수 있다는 가능성에 우리의 정열은 용솟음칩니다. 기복이 심한 이런 인생행로에서 우리는 웃기도 하고 울기도 하며 살아가는 것이 아닙니까. 덮어놓고 인생을 슬픈 것으로만 생각할 필요는 없을 것 같습니다. 그렇다고 무턱대고 인생을 기쁜 것으로만 생각해도 곤란할 것입니다. 나는 생각합니다. 슬프면 슬픈 대로, 기쁘면 기쁜 대로 살아보는 것도 괜찮으리라고.

다람쥐 쳇바퀴 돌듯 일정한 틀에 박혀 바쁘게 살아가는 동안에 우리는 사랑하는 방법을 잊어버린 것은 아닐까요? 그러나 우리는 사랑이 우리의 행동을 조심스럽게 하고, 우리의 밝은 미래를 만들어 준다는 것을 가끔씩 생각해 보아야 할 필요가 있습니다. 우리가 우리 자신과 함께 다른 사람들을 사랑할 때, 우리는 조급히 서두르지 않으며 혼란스러움을 느끼지 않습니다.

사랑은 순간순간 우리에게 사람의 올바른 모습과 생기를 가져다 줍니다.

끊임없이 되풀이되는 삶 속에서 누군가의 사랑을 받고 있음을 느낄 때, 우리는 우리 자신과 그들의 소중함을 생각하며, 때로는 고통스러운 순간에서조차도 새로운 사랑을 할 수 있는 용기를 얻게 됩니다.

우리에게는 차분하고 편안한 마음으로 깊이 생각할 수 있는 시간이 필요합니다. 낮 동안의 분주한 움직임이 마음의 평화를 깨뜨려 놓을 때는, 잠시 하던 일을 멈추고 약간 자유스러운 자세로 우리가 사랑하는 사람들을 지켜보는 것도 좋을 듯합니다. 그리고 그들을 보며 우리는 우리를 사로잡고 있는 것이 무엇인지, 우리 삶에 주는 것들이 무엇인지를 생각해 보아야 합니다.

사랑한다는 것은 모든 사람들에 대한 이해를 넓히는 것이며, 때로는 우리의 자만심을 어느 정도는 버리게 하는 것이기도 합니다. 그것이 우리의 마음에 언제나 간직되어 있지는 않을지라도, 우리가 다른 사람들을 사랑할 때 스스로 좀 더 겸손해지고 건전해져서, 좀 더 적은 자만심을 갖게 되는 것입니다.

우리의 마음은 때로는 소리 없이 평온함을 요구합니다. 우리가 만일 아무리 사소한 이야기일지라도 관심을 기울이고, 다른 사람들의 마음으로부터 오는 소리를 들을 수 있다면, 사방으로 가득 찬 공간에서 보다 평화로운 하루를 시작할 수 있을 것입니다.

거친 마음의 영토에 사랑의 꽃이 피어날 때 슬픔과 고독에서 벗어나 행복해질 수 있습니다. 이러한 사랑으로 이웃의 허물을 덮어 줄 때 세계는 달라질 것입니다. 보이는 것 하나하나가 새로운 의미와 새로운 환희로 다가설 것입니다.

2012. 9.

성긴 눈처럼
외로운 날에는

외로움이 성긴 눈처럼 흩날릴 때

돌덩이처럼 무거운 슬픔이 나의 작은 가슴을 눌러 옵니다.

우리들이 마음 다하여 사랑한 사람도

한없이 가슴 저리도록 그리워한 사람도 모두 남겨 두고

홀로 쓸쓸히 내 안에 잠깁니다.

밤은 눈부시게 찬란합니다. 총총한 별들이 반짝이는 밤은 성스럽고 위대합니다. 그리고 하루의 피곤을 풀고 편안하게 쉴 수 있는 밤은 고요하고 아름답습니다.

언제나 아늑하고 포근한 위안을 주는 내 마음의 안식처인 밤은 우주의 영원한 침묵 앞에 무기력한 인간들을 어머니의 품처럼 정답게 안아 줍니다.

우리에게 밤이 없다면 그 얼마나 괴로운 것인가를 생각해 봅니다. 나의 피곤한 몸을 뉠 수 있는 밤이 있다는 것은 얼마나 행복한 일인가 하고 생각해 봅니다.

밤은 찬란합니다. 별들이 총총한 밤은 나에게 편안함을 줍니다. 아늑하고 포근한 밤의 위안을 받으며 나는 내일의 설계를 해야겠습니다. 멋진 내일의 설계를.

오늘 하루도 흐르는 시간 속에 묻어 우리가 알지 못하는 사이에 허무하고도 빠르게 지나갑니다.

우리들의 많은 바람과 그리움, 아쉬움과 서글픔을 커다란 어둠으로 휩싸 안은 채 소리 없이 또 하루가 갑니다.

하늘을 바라보다 지쳐 버린 어린아이처럼, 어둠을 한 아름 안고 돌아온 우리들의 피곤한 얼굴 얼굴에, 인생은 그런 거라는 듯 주름살이 조금 더 깊어 갑니다.

하루가 다할 무렵이면 끝없는 길을 덧없이 걸어가는 나그네처럼, 무언가 까닭 모를 서러움과 아쉬움이 이렇듯 수수 몰려듭니다.

오늘 하루가 다했을 때, 어둠이 그 커다란 날개를 펴고 조용히 내려앉으면, 그토록 거칠고 소란하던 세상도 포근히 잠든 숨결 소리를 듣습니다.

하지만 이 밤, 이 고요한 시간에 헤아릴 수 없이 많은 지붕 밑에 아직 잠들지 못한 가난한 그림자들이 창가에 어립니다.

무엇인가 꼭 잃어버린 것만 같은 마음, 무엇인가 꼭 찾아내고 싶은 마음, 우리의 하루하루가 헤아릴 수 없는 위대한 힘 앞에 조금씩 침식되어 가고, 우리들의 삶은 차츰 저 죽음이라는 알 수 없는 세계의 위력 앞에 조금씩 생명력을 잃어 가고 있습니다.

우리들이 마음 다하여 사랑한 사람도, 한없이 가슴 저리도록 그리워한 사람도, 그리고 미워하던 사람들도 모두 그대로 남겨 두고, 저 어둡고 낯선 곳으로 홀로 쓸쓸히 사라져 가게 됩니다.

우리들이 피땀 흘려 거둔 곡식도, 우리들이 공들여 쌓은 탑도, 지금까지 모아 둔 모든 재산도 고스란히 대지 앞에 돌려주고 가야 합니다. 하루가 끝나가는 이 시간, 인생이 끝나가는 시간도 이와 같을 것입니다.

우리가 까닭 없이 느끼는 아쉬움, 뭔가 잃어버린 듯 허전한 마음이 드는 것은 인생이 허무하고도 빠르게 지나가기 때문입니다.

지금 이 시간에도 홀로 외롭게 죽어가는 사람이 있을 것이며, 보람 없는 삶을 자책하며 쓴 술잔을 기울이는 사람도 있을 것입니다. 그리고 또한 이 시간에 인생은 허무한 것이므로 한 번밖에 주어지지 않는 욕망이나 마음껏 채워 보자고 허덕이는 사람도 있을 것입니다.

의미를 찾을 수 없는 인생, 죽음 앞에선 힘없는 인생이라고 쉽게 부정해 버려도 좋습니다. 어차피 인생은 그런 것입니다. 그러나 우리에게는 단 한 번밖에 주어지지 않는 것이기에 인생은 참으로 소중한 것이 아닐까요?

우리는 좀 더 맑고 푸른 하늘과 좀 더 싱싱하고 아름다운 꽃과 좀 더 포근한 햇볕을 느낄 수 있도록 땅 속 깊은 곳으로부터 수액을 빨아올리는 저 남의 인고와 성실을 배웁시다.

외롭고 아쉬운 이 시간에, 서럽고 눈물겨운 이 시간에, 덧없고 허망한 이 시간에, 차분하고 편안한 마음으로 눈을 감고 깊이 생각해 봅시다.

무엇 때문에 그런가. 산다는 것이 도대체 무엇이기에 이렇게도 잠이 오지 않는, 가슴을 짓눌러 오는 밤이 있는 것인가. 그것은 우린가 어떤 절차나 격식에 따르지 않고 서둘러 결과만을 보려고 하기 때문입니다. 마음이 비어 있는 사람일수록 실속은 없으면서 겉으로만 보기 좋게 꾸미려 듭니다. 무덤 앞에 놓인 꽃은 아무리 아름다워도 소용이 없습니다.

　　　　우리는 모두 이 대지 위를 그저 스쳐가는 바
람임을 알아야 합니다. 우리가 이 세상에 오기 전에도 대지는 있었
고, 우리가 멀리 가버린 두에도 저 쏟아져 내릴 듯이 많은 별들을 남
아 있을 것입니다.

　우리는 이제 스스로의 마음속에 신념을 키워야 하겠습니다. 지금
당장 이 세상의 종말이 온다고 해도 내가 망설임 없이, 두려움 없이
붙들고 의지할 수 있는 신념, 그것은 무엇이라도 좋을 것입니다.

　괴로움과 외로움, 그리고 아픔을 외면하거나 미워하지 맙시다. 보
다 너그럽고 깊은 마음과 관대함을 지니고 이 모든 것을 하나도 빠
짐없이 자기의 것으로 생각하며 따뜻하게 사랑합시다. 내 몸의 소
중한 일부처럼 나의 것으로 만듭시다. 그렇게 할 때 우리는 괴로움
과 고통과 번민 역시 삶에 있어서 무엇보다도 소중한 것임을 깨닫

게 될 것입니다.

　이 밤, 잠들지 못하고 한숨지으며 꿇어 앉아 있는 사람들이여. 눈을 들어 창 밖, 저 어둠 속에 외로이 서 있는 한 그루의 나무를 보십시오. 그리고 우리들은 결코 외롭지 않다는 것을 깨달으십시오.

　한 사람 한 사람이 좀 더 가깝게, 좀 더 따뜻하게 느껴지는 이 고요한 시간에, 눈을 감고 깊이 생각하며 명상하는 시간을 갖도록 하십시오. 이 시간이야말로 오늘 하루 중 그 어느 시간보다도 소중한 시간임을 마음 속 깊이 느끼며 기꺼이 잠들기를 바랍니다.

인생이란 의지할 곳 없는 외롭고 쓸쓸한 것인가 봅니다. 특별한 목적이나 이유도 없는데 무언가 알 수 없는 슬픔과 욕망, 노여움과 어리석음 따위가 나를 괴롭힙니다. 돌덩이처럼 무거운 슬픔의 덩어리가 나의 작은 가슴을 눌러옵니다. 그 슬픔은, 슬픔을 넘어서서 아프기까지 합니다. 그럴 때마다 나는 슬픔의 원인을 찾아 그것을 해결하려고 하지만 아무런 답도 찾아 내지 못하고 맙니다. 무엇 때문에 슬퍼해야 하는지 또 왜 슬퍼하지 않으면 안 되는지, 이런 생각을 한다는 것은 참으로 괴로운 일이 아닐 수 없습니다.

나는 밤하늘에 반짝이는 별을 바라봅니다. 맑은 눈동자처럼 빛나는 별을 바라보며 나는 깊은 사색에 잠깁니다. 깊어가는 밤하늘엔 은하수가 흐르고, 자연 속의 나무들은 검푸른 빛을 띠고 어둠 속에

조용히 서 있습니다. 밤하늘에 반짝이는 별들과 소리 없는 대화를 주고받는 것만 같습니다.

어찌 보면 나의 슬픔과 괴로움의 원인을 알 것도 같습니다. 무엇 때문에 인생이 이렇게 쓸쓸하고 외로운지를 깨달을 수 있을 것 같기도 합니다. 그러나 결국에는 문제의 실마리를 놓쳐 버리고 맙니다. 한번 놓치면 다시 찾을 길 없는, 사방이 산이나 강으로 둘러싸여진 미궁에 빠져 버립니다. 그래도 나는 실망하지 않고 다시 나의 슬픔과 괴로움의 원인을 찾아봅니다.

삶의 적막과 고독에 지친 마음을 스스로 위로해 보기도 하는 것입니다.

쓸쓸하고 외로운 인생이 새로운 희망과 즐겁고 기쁨에 가득 찬 영혼의 아침을 맞이하기를 기도하며, 나는 밤하늘에 반짝이는 별을 쳐다봅니다.

　　　　　　홀로 있어도 결코 슬프지 않은 밤과 낮이 있습니다. 홀로 있어도 행복한 시간이 있습니다.

　한때 많은 사람들에게 둘러싸였던 사람도 언젠가는 홀로 있게 될 것입니다. 한때 부귀영화를 한 몸에 지녔던 사람도 결국은 고독한 죽음과 맞서게 될 것입니다. 세상 사람들은 부와 명예 앞에서는 고개를 조아려 아첨합니다. 하지만 그 모든 것을 잃어버린 사람은 쉽게 외면해 버립니다.

　이런 사람들과 부대끼며 살아가는 것이 인생이라고 생각하면 다시 슬퍼지곤 합니다.

　그러나 세상에는 내가 슬플 때 나와 같이 슬퍼해 줄 사람이 없지는 않을 것입니다. 내가 기쁠 때 나와 같이 기뻐해 줄 사람도 어느 곳엔가 있을 것입니다. 그러한 희망이 있기 때문에 우리는 하루하루 살아가는가 봅니다.

시인은 고독하다고들 합니다. 그러나 시인뿐만 아니라 모든 사람들은 고독합니다. 어떤 사람은 강촌에 홀로 되어 살고 있을 것입니다. 어떤 사람은 좋은 집에 홀로 앉아 저무는 인생의 황혼에 눈물짓고 있을 것입니다.

강촌에 홀로 되어 살고 있을 그 어떤 사람을 나는 생각해 봅니다. 이제는 명예도 권력도 필요하지 않을 것 같습니다. 그저 조용히 서로 사랑하며 살아갈 수 있는 인생이라면, 그것으로 만족할 것만 같습니다. 서로 헐뜯으며 살기보다는 서로 웃으며 사는 것이 얼마나 나를 행복하게 할까? 그런 생각을 하다 보면 가슴이 두근거립니다.

우리는 결코 슬픔만을 배우지 않았습니다. 우리에게는 결코 불행만을 껴안고 살아가야 할 아무런 이유도 없습니다. 또한 우리가 행복해서는 안 될 이유도 없을 것입니다.

강촌에 홀로 사는 사람을 그리워하며 내 자신이 서러워지는 시간도 있습니다. 그럴 때마다 나는 어수선하고 복잡한 도시의 한가운데에 홀로 서 있는 존재같이 느껴지는 것입니다.

그러나 고독하지 않은 밤이 있고, 외롭지 않은 시간이 있습니다. 홀로 있어도 결코 울지 않는 화려한 밤과 낮이 있습니다.

미소는 나의 천국입니다. 나는 미소 없는 하늘과 땅, 그리고 절망의 그늘이 싫습니다. 검은 골짜기에 흐르는 눈물이 싫습니다. 깨어진 영혼의 표정이 싫습니다. 비틀어진 마음이 싫습니다.

나는 왜 미소를 잃고 살아야 하는지를 생각해 봅니다. 나는 왜 눈물을 머금고 살아야 하는지를 물어 봅니다. 또한 내가 언제부터 영혼의 아름다운 표정을 잃었는지 더듬어 봅니다.

비틀어진 마음, 일그러진 마음으로 미소를 잃고 산다는 것은 너무나 괴로운 일입니다. 죽는 날까지 찡그린 표정으로 살아야 한다는 것은 너무나 두려운 일입니다.

가정에서 웃음이 사라진다는 것은 견디기 힘들 만큼 괴로운 일입니다. 우리 사회에서 미소가 사라질 때, 사회는 이루 말할 수 없이 참담하게 될 것입니다. 온 세상을 조건 없이 준다고 해도 나는 미소 없이는 살아갈 수 없습니다.

웃음을 바라보는 순간, 나의 마음은 환해
집니다. 웃음을 마주하는 시간, 나의 마음에는 행복이 넘쳐흐릅니
다. 웃음을 터뜨릴 때 모든 불안은 그 자취를 감추고, 서로가 웃을
때 자기에게 해를 입힌 사람도 사랑하게 됩니다.

　나는 꽃의 미소를 배우고, 꽃의 모습을 닮고 싶습니다. 쪽빛 하늘
의 푸른 표정을 내 마음에 지니고 싶습니다. 넋을 잃은 듯 한 정신에
혼을 불어 넣고, 투명하고 맑은 마음으로 나의 아름다움을 내보이
고 싶습니다. 그러나 나는 진실하지 못한 미소와 방정맞은 웃음을
좋아할 수는 없습니다. 속되고 천한 웃음 또한 좋아할 수 없습니다.

　나는 때때로 웃고 싶지 않을 때 웃어 보이는 나 자신을 발견합니다.
억지로 웃어 보이는 웃음은 진정하나 웃음일 수 없습니다. 마음이 아
닌 얼굴이 꾸민 미소와 입술로 지은 웃음을 나는 믿을 수 없습니다.

나는 웃고 싶습니다. 억지로 웃는 웃음이 아니고, 웃지 않을 래야 웃지 않을 수 없는 웃음, 가슴 깊은 곳으로부터 솟아오르는 웃음처럼 우리를 행복하고 유쾌하게 만드는 것은 없을 것입니다. 혼자만이 아닌, 우리 모두 같이 웃을 수 있는 그런 상쾌한 웃음을 나는 웃고 싶습니다.

나는 욕심이란 말을 생각해 봅니다.

욕심, 그것은 무엇이나 하고 싶고, 무엇이나 가지고 싶은 마음입니다. 이것이 인간의 본능적인 소유욕이라고 하는 것입니다. 인간이 생명을 유지하며 살아가는 것은 무엇이든 갖고 싶은 욕심에 의지하고 있기 때문이라고 누군가가 말했습니다. 만일 그것이 맞는 말이라면 약육강식의 생존 경쟁은 인간 사회에 있어서도 아주 합리적인 일이 되고 말 것입니다.

오늘날까지 대부분의 강권주의자들은 더 잘 살기 위해서는 더 많이 가져야 된다는 사상을 우리에게 주입시켜 왔습니다. 힘센 자가 더 많이 가질 수 있다는 것도 강권주의의 또 하나의 원리가 되었습니다. 그리고 이제는 이것이 마치 인간들의 본능처럼 되어 버린 듯합니다.

힘과 힘이 맞서게 되면 반드시 싸움이 일어날 수밖에 없습니다. 사실 인간들의 모든 싸움은 어떤 의미에서 보면 마치 고기 한 점을 가운데 놓고 서로 그것을 먼저 먹으려고 하는 짐승들의 싸움과도 흡사한 것처럼 생각됩니다.

힘과 힘의 대결, 싸움과 싸움의 연속은 파멸과 죽음을 불러오는 것 외에 다른 결과는 가져 올 수 없습니다.

오늘 이 시간가지 욕심이 내게 가져다 준 것 중에 이로운 것은 하나도 없었습니다. 나에게 욕심을 불러일으켰던 모든 것들은 내 인생에 있어서 많은 실패의 원인이 되었던 것입니다.

다른 사람의 것을 가지려고만 하지 말고 내 것을 아낌없이 다른 사람에게 베풀고 살 수는 없는 것일까 하고 나는 지금 생각해 봅니다. 우리도 다른 사람에게 무엇이든 베풀며 살아야 하지 않을까 하고, 짐승들처럼 혼자만 차지하려는 무지한 욕심을 버리고 살아간다면, 그 때에 비로소 살아가는 인생의 참맛을 느낄 수 있을 것입니다.

나를 파멸과 죽음으로 몰아넣을지도 모를 저 욕심의 덩어리를 버리고 이 밤을 편히 쉬어야겠습니다.

진실은 가장 강한 무기요, 성벽이 됩니다. 진실이 정복하지 못한 세계가 없고, 진실이 허물어뜨리지 못한 성벽이 없습니다. 허위와 기만은 오직 진실 앞에서만 항복하는 것이며 교만과 허영은 진실로써만 꿇어앉힐 수 있는 것입니다.

사회가 혼란할수록 진실을 업신여기고, 기만과 허위를 찬양하는 법이지만 최후의 승리자는 오직 진실일 것이며, 최후의 월계관은 진실만이 쓸 수 있는 것입니다.

진실을 떠난 정의는 있을 수 없습니다. 진실을 거부하고는 성공이 없습니다. 진실을 멸시하고는 살 길이 열리지 않습니다. 진실 된 삶이란 있는 사실을 솔직하게 말하고 사는 것입니다. 그것은 순수함 그 자체이며, 거기에는 참과 아름다움이 깃들어 있습니다.

끝없이 넓은 사막에서 오아시스를 만난 것처럼, 깊은 산골짜기에서 예쁘게 피어 있는 꽃 한 송이를 발견한 것처럼, 우리는 점점 메말라가는 이 세상에서 진실을 찾고 진실한 사람을 만났을 때, 그 기쁨과 그 부드러운 느낌을 표현하기에 적당한 언어를 찾지 못합니다.

진실이 없는 곳에서는 정말 더 살아갈 수가 있을 것 같지 않습니다. 진실은 언제나 순수한 것입니다. 그러므로 진실은 사랑의 마음이며 또한 아름다움입니다.

진실이 있을 때 이 사회는 평화로울 것이며, 자연은 보다 아름다워질 것입니다. 허위와 기만, 가식과 허영이 자리하고 있는 곳은 오직 진실의 날개가 덮어 줄 때 참된 자유와 평화가 깃들 것입니다. 그러므로 우리는 날마다 진실하게 살아가야 할 것입니다.

　어떤 사람이든지 돈을 좋아하지 않는 사람은 없을 것입니다. 그러나 돈은 삶을 윤택하게 하기 위한 수단 중 하나일 뿐이지 돈 자체가 인생의 목적은 아닐 것입니다.

　이름이 세상에 널리 알려지는 것을 싫어하는 사람이 어디 있겠습니까? 그러나 세상에 보탬이 되는 보람 있는 일을 하지 않고 이름만 탐내는 사람만큼 슬기롭지 못한 사람은 없습니다. 소중하고 보람 있는 일을 남겨 놓는다면 자연히 그 이름은 먼 미래에까지 빛날 것입니다. 그러나 참다운 삶의 결실은 없이 이름만 남기게 된다면 그것은 어리석고 불행한 이름에 지나지 않을 것입니다.

　일시적인 기분에 좌우되는 사람들이 어찌 쾌락의 단꿈을 싫다고 하겠습니까. 그러나 언젠가는 사라지는 쾌락, 순간적인 기분을 위하여 사는 삶이 얼마나 속절없고 무의미한 것인가를 우리는 누구보

성긴 눈처럼 외로운 날에는

31

다도 잘 알고 있습니다.

　내게는 이 모든 것보다는 참으로 그리운 것이 있습니다. 그것은 다름 아닌 진리입니다. 진리가 내 것이 될 때, 나는 비로소 사람이 무엇 때문에 사는지를 알게 될 것입니다. 진리가 내게 주어질 때, 나는 돈이 무엇을 뜻하는 것인지 알게 되고 가치 있는 이름이 어떤 것인가를 알 수 있으며, 일시적 쾌락이 아닌 진정한 행복을 얻을 수 있을 것입니다. 모든 것을 다 팔아서라도 진리를 얻고, 온갖 것을 바쳐서라도 진리를 찾고 싶습니다.

　나는 생의 참됨이 없이는 살아갈 수가 없습니다. 그리고 언제까지나 빈 항아리와 같은 삶을 살아갈 수는 없습니다. 참된 이치는 나의 삶을 순수하게 해 줄 것이며, 그 진리의 날개로 저 푸른 참과 자유의 크고 넓은 하늘로 이끌어 줄 것임에 틀림없습니다.

　나는 이미 진리의 순례자가 된 지 오래되었습니다. 하지만 내 이성의 눈은 끝없는 우주 속 진리의 별들을 세어 보기에 피곤해졌고, 내 양심의 빛은 어둠을 밝히기에는 너무나 작아졌습니다. 한 발자국의 자유의 발걸음을 내딛기 위한 결단과 실행에 망설이게 되었습니다.

왜 그렇습니까. 무엇 때문에 나는 이렇게 피곤하고 삶의 무거운 짐에 허덕이고 있습니까. 나는 잘 알고 있습니다. 이 모든 것은 내 안에 진리가 없기 때문입니다. 그렇습니다. 진리의 빛과 생명이 없는 나의 삶은 아무것도 아닌 것입니다.

누가 진리를 간직하고 있습니까. 누가 진리를 가르쳐 주고 있습니까. 물론 작은 빛도 빛임에는 틀림이 없습니다. 그러나 오늘 우리들은 등잔의 불빛이나 촛불로써 만족할 수는 없습니다. 진리의 태양이 생명을 주어야 하고, 역사의 황혼기를 밝혀 주어야만 합니다. 어둡고 캄캄한 대륙을 걸어가야 하는 우리에게는 반드시 진리의 빛이 필요하기 때문입니다.

살아가면서 가장 걱정스럽고 불행하게 생각되는 일이 있다면 그것은 정의가 불의에 함부로 침해당하는 일입니다. 정의는 진리에

맞는 올바른 도리이기에 불의에 정복당하거나 침해당하는 일은 있을 수 없을 것 같습니다. 그러나 여전히 정의가 불의에 짓밟히고 마는 것은 무엇 때문입니까.

정의는 정의이기에 언제나 내용과 목적을 먼저 보여 줍니다. 그러나 불의는 무엇을 얻기 위한 방법만을 생각하고, 그러나 불의는 무엇을 얻기 위한 방법만을 생각하고, 때로는 옳지 못한 수단까지도 사용합니다. 내용이나 목적보다 귀하고 중하게 여겨지는 수단이나 방법이 언제나 진실한 정의가 되지 못함은 바로 이런 이유 때문이 아닌가 합니다.

불의가 갖는 수단과 방법 중에는 옳지 못한 것이 많습니다. 우리는 '양의 가죽을 쓴 늑대'라는 말을 종종 듣습니다. 늑대가 늑대로서 나타나면 불의의 목적을 이룰 수 없기 때문에 양의 가죽을 쓰고 나타나는 것입니다. 약하고 온순하고 부드러운 것처럼 위장하고 언제나 자기는 양이라고 말하는 것입니다. 그러나 정작 그 가면 속에는 온갖 나쁜 일을 계획하는 늑대가 날카로운 이빨을 번뜩이고 있는 것입니다.

이런 이야기를 듣게 되면 많은 사람들은 놀라면서 자신은 그러한 불의의 창조자는 아니라고 부정합니다. 자신은 결코 그렇게 나쁜 사람은 아니라고 말합니다. 그러나 모든 사람들이 자기는 늑대가 아니라고 생각하고 있는데, 왜 우리가 사는 사회에는 악과 불의가 가득한 것입니까.

왜 우리는 모든 사람이 양의 가죽을 쓴 늑대처럼 보이며, 안심보다 의심을 먼저 하고, 믿기 전에 시험해 보며, 사귀기 전에 비판해 보는 것입니까. 왜 우리 사회에는 믿음이 없고, 정치 세계의 대립은 끝없이 이어지고, 교육과 종교계까지도 혼란해져 가고 있습니까. 모든 사람들이 자기는 틀림없는 양이라 생각하는데 이 수많은 늑대들은 어디서 온 것입니까.

그러나 깊이 생각해 본다면, 나 자신이 늑대가 된 것은 아닐까 하고 반문해 볼 수 있을 것입니다. 내가 정의를 짓밟는 불의를 만든 장본인일 수도 있습니다. 사회와 이웃을 마음대로 짓밟아 버리는 큰 불의는 행하지 않았다고 하더라도 작은 늑대의 마음씨가 내 속에 자라고 있는 것은 아니었습니까. 우리는 민주법칙을 오히려 양의 가죽으로 삼고 있는 것은 아닙니까. 우리는 지도자라는 간판을 가죽으로 삼는 것은 아닙니까. 권력의 불의를 정당화시키기 위해 우리는 또 어떤 구실을 기만적인 늑대처럼 둘러대고 있는 것은 아닙니까. 소크라테스를 죽인 무리들은 그 일을 정당화하기 위하여 다수를 만들었으며, 그리스도를 십자가로 보낸 대중들은 신성자의 이름을 빌렸던 것입니다.

이제 우리는 남보다 자기 자신을 돌아보아야 하고, 타인을 비판하기 전에 스스로를 생각하고 신중하게 행동해야 하며, 먼저 내 마음에 자라는 불의의 씨앗을 소멸시켜야만 하겠습니다.

마음의 빛을 찾아
떠나는 여행

밤하늘에 반짝이는 별이 없어도

나는 노래를 부를 수 있습니다.

언제나 내 마음이 달밤일 수 있고

푸르른 빛으로 빛나는 별자리일 수 있기 때문입니다.

거울은 마음에도 있습니다. 벽에 걸린 거울은 내 얼굴만 비추어 주지만, 내 마음의 거울은 나의 모든 행동을 하나도 빠짐없이 비추어 줍니다.

가만히 가슴에 손을 얹고, 그리고 내 마음의 거울에 내가 지낸 오늘 하루를 자세히 비추어 봅시다.

때 묻은 얼굴과 찢어진 옷자락이 보입니다. 일그러진 얼굴, 흐트러진 머리카락도 보입니다.

거울은 무서울 정도로 정직합니다. 그러나 거울은 있어야 하고 자주 보아야 합니다. 거울 속에 비친 얼굴을 다시 곱고 단정하게 매만져 봅시다. 우리가 아침에 세수를 하고 나서야 밖에 나가는 것처럼 날마다 마음의 거울을 들여다보고 거기에 비친 자신의 모습을 다시 깨끗하게 닦아 놓아야 하겠습니다.

요즘 숙녀들은 어디를 가서 앉든지 우선 거울을 꺼내 봅니다. 식당에서도, 버스 안에서도 부지런히 거울을 꺼내 봅니다. 그리고 얼굴을 정성스럽게 매만지는데 그것은 매우 좋은 일입니다. 자주보고 자주 닦으니, 그 얼굴들이 아름다울 수밖에 없습니다.

도시 여성의 아름다움은, 아니 현대 여성의 아름다움은 아마 거울을 보는 데서 이루어진 것인가 봅니다. 그런데 이 좋은 습관으로 마음의 거울을 들여다보도록 해야 합니다. 하루에 한 번만이 아니라, 어디를 가나, 앉으나 서나 고요히 내 마음의 거울에 나의 행동, 나의 깊은 생각, 나의 인생을 비춰보고 부지런히 닦아 내야 하겠습니다.

아무리 훌륭한 다이아몬드라고 해도 닦지 않으면 빛이 나지 않는다고 합니다. 그렇듯이 아무리 좋은 인품과 많은 지식을 가지고 있고, 세련된 모습을 하고 있다고 하더라도 자주 그 마음의 거울에 자기를 비추어 보고 씻어 내고 닦아 내지 않으면 훌륭한 인격의 소유자가 될 수 없습니다.

마음의 파괴는 나를 비추어 볼 거울이 깨어짐을 의미하는 것입니다. 그러므로 가장 무서운 것은 양심이 파괴되는 것입니다. 양심을 잃어버린 다음에는 인격도 없어집니다. 양심이 깨어진 다음에는 아무리 애를 써도 자기를 찾아 낼 수가 없습니다. 자기를 차분히 살펴보지 못하고 서두르는 사람은 자기 마음속의 거울을 보지 못했거나 양심의 거울이 깨어진 것입니다.

거울도 없이 무엇을 보고 아름다움을 꾸밀 수 있겠습니까. 그러므로 마음의 거울, 양심의 거울을 소중히 간직해야 하겠습니다.

달이 구름에 가리우고, 별이 반짝이지 않아도 안타깝지 않은 밤이 있습니다. 내 마음 속에 그보다 더 밝은 그 무엇을 가지고 있을 때면 나는 달이 없는 밤도 외롭지 않습니다.

어두운 밤하늘에 별이 반짝이지 않아도 나는 노래를 부를 수 있습니다. 달이 구름에 가리워 보이지 않고, 어둠이 별빛을 삼켜 버릴지라도, 그것들을 잊지 않고 항상 마음속에 지니고 있으면, 언제나 우리 스스로가 달밤일 수 있고 푸른빛으로 빛나는 별자리가 될 수 있기 때문입니다.

언젠가 우리는 달이 없는 밤길을 걸었습니다. 그리고 별이 없는 어둠 속을 헤매인 적도 있습니다. 달도 없고, 별도 없는 밤을 몹시 서러워하며 살아왔습니다.

밝은 대낮에도 마음에 빛이 없으면 슬픈 것입니다. 태양과 마주보고 있어도 빛이 없는 영혼엔 어둠이 서려 있습니다. 예전이나 지금이나 하늘엔 해와 달과 별이 어둠을 밝히고 있습니다. 그러나 달과 별이 빛을 잃고 있는 마음은 언제나 밤이요, 어둠입니다.

빛을 잃은 마음, 빛을 멀리하고 사는 마음처럼 비참한 인생은 없을 것입니다. 나의 마음이 빛을 잃었을 때 나는 어둠의 자손이었고, 나의 생각이 밝은 빛을 멀리 했을 때 나는 밤의 노예였습니다. 어둠의 자손은 빛을 싫어한다는 성경구절처럼 빛이 없는 삶의 그늘에서 힘에 겨워 괴로워하는 나의 모습을 생각하는 것만으로도 몸서리쳐집니다.

나는 밝고 환한 빛의 세계를 마음속으로 못내 그리워하고 있습니다. 하늘에 해와 달과 별이 있듯이 내 마음의 하늘에도 빛나는 해와 달이 뜨기를 나는 기도하고 있습니다. 이 간절한 기도마저 없다면 나는 어둠 속에 묻히고 말 것입니다.

확실히 세상에는 기쁜 사람보다 슬픈 사람이 더 많은 것 같았습니다. 행복한 사람보다 불행한 사람이, 뜻대로 되는 일보다 뜻대로 되지 않는 일이 더 많은 것이 현실입니다.

그러나 우리는 덮어놓고 세상을 나무라고 사회에만 그 책임을 돌릴 수는 없습니다. 물론 어떤 경우에 있어서는 내가 하는 일을 방해하고 나에 대한 음모를 일삼는 사람이 없는 것은 아니지만, 나 역시 그와 같은 인간들과 별로 다르지 않다고 생각할 때, 나는 인간이라는 것이 서글퍼지고 인간이라는 것을 미워하지 않을 수 없습니다. 차라리 한 송이 꽃, 한 포기의 풀이었으면 좋겠다고 말하는 사람을 간혹 볼 수 있습니다. 그 아름다운 뜻과 깨끗한 마음을 이해 못하는 것은 아니지만, 정말 우리가 한 송이 꽃이나 한 포기의 풀이었다면, 그것으로 만족하고 생명의 의의를 다할 수 있을지는 의문이 아닐

사랑, 그 달콤함에 대하여

수 없습니다.

파스칼의 말대로 한 그루의 나무는 자기의 비참함조차 깨달을 수 없기 때문입니다. 자신의 비참함을 깨달을 수 있다는 데 인간의 위대함이 있다는 그의 말대로, 우리는 삶 속에서 생기는 온갖 슬픔이나 괴로움의 의미를 아는 데서 살아가는 보람을 찾아야 하지 않을까 생각해 봅니다.

"나는 마음껏 남의 오해를 받아 보고 싶다. 그것이 얼마나 괴로운 것인가를 알기 우해서. 나는 마음껏 울어 보고 싶다. 그 고통이 얼마나 큰 것인 가를 이해하기 위해서……."

이런 말을 한 종교인을 나는 기억하고 있습니다. 가난에 빠진다는 것도 견디기 어려운 고통임엔 틀림이 없습니다. 가난을 겪어 본 사람만이 가난한 사람의 서러움을 안다는 사실을 놓고 볼 때, 우리가 보다 인간답게 살기 위해 한 번은 겪어야 할 인간의 소중한 체험 중의 하나라고 생각합니다. 그렇다고 굳이 가난해질 필요까지는 없지만, 나는 현재의 가난에서 그 무엇인가를, 나에게 도움이 될 수 있는 어떤 것을 터득하고 싶습니다.

고요한 밤입니다. 적막이 끝없이 흐르는 깊어가는 밤입니다. 시간이 영원에 맞서다가 차마 견디지 못하고 넘어져 버린 고요하고 쓸쓸한 밤입니다. 시간에 사로잡혀 있는 우리들에게는 이러한 밤을 통해 영원을 찾아가 보는 것도 좋을 것입니다. 눈을 감고 귀를 닫으면 시간은 멈추어지고, 사람이 세상을 살아나가는 일이 오로지 순수하게만 생각되는 밤입니다.

비록 보잘 것 없는 사람이라도 이 영원의 문 앞에 서서 다시 옷깃을 여며 봅시다. 잠시 끼었다가 사라지는 아침 안개와 같이, 잠시 빛나고 사라지는 아침 이슬과 같이, 순간에 매여 허덕이는 하루하루의 생활이 내게는 너무도 힘들고 허무하였습니다. 땀을 흘리고 애를 태운 일들도 모두 순간만을 위한 것들, 세월과 더불어 무너지고 사라져 버리는 허무한 일들뿐이었습니다.

다른 것들과 대립되거나 비교되는 조건 위에서 이루어지고 생겨난 일들은 모두 변조되고 사라지는 일들뿐인 것입니다. 육체는 말라 버리는 풀과 같고, 인생의 모든 영화는 시간이 흐르면 시들어 떨어지는 꽃과 같은 것입니다. 어디에도 영원함이란 없는 것입니다.

그러나 내 생명은 영원함을 바랍니다. 영원함은 절대적이기 때문입니다. 한 푼의 돈, 한 벌의 옷을 남기기 위해서가 아닙니다. 내 삶의 기록에 가치 있는 발자취를 남기기 위해서입니다.

눈앞에 있는 한 그릇의 밥 때문에 영원히 남을 나의 이름을 더럽히지 말아야 할 것이며, 십년도 못 가는 세도와 명성을 얻어 보려고 영원토록 이어질 내 삶의 기록 위에 먹칠을 하지 말아야 하겠습니다.

밤의 적막이 두 팔을 벌린 어머니처럼 내 온몸을 감싸 안고 있습니다. 여기 옷깃을 여미고 다시 하루의 삶을 기약하며, 고운 꿈속에 잠들어 보렵니다.

우리가 슬픔을 안고 살아간다고 해서 반드시 불행한 것만은 아닙니다. '참된 기쁨엔 참된 슬픔이 있고, 참된 사랑엔 참된 미움이 있다.'라는 실러의 말도 있습니다.

우리 인간의 삶에는 슬픔이 없을 수 없습니다. 슬픔을 기쁨의 어머니라고 표현한다면 너무 지나칠는지 모르지만, 어쨌든 슬픔과 기쁨을 서로 나누어서 생각한다는 것은 있을 수 없는 일입니다.

눈물이 말라 버린 인간은 인간의 정을 잃어버린 화석과 같은 존재입니다. 가슴 깊은 슬픔과 한 방울의 눈물로 인해 사람은 사람의 정을 느끼게 되는 것입니다. 사람이 천사나 짐승이 아닌 바에는 가슴에 슬픔이 있어야 하고, 눈시울에 눈물이 배어 있어야 합니다.

인간이 살아간다는 것 자체가 이미 하나의 슬픔과 설움이라는 것을 알고 있으면서도 슬픔을 안고 산다는 것은 인생을 알고 산다는 것입니다. 인간이 온갖 생의 굴곡과 기복을 겪으면서 이마에 주름이 잡혀 가는 모습은 정말 처량하지 않을 수 없습니다. 이러한 스스로의 모습을 바라보고도 한 방울의 눈물도 없다면 거기엔 종교도 없고 또 삶의 의미도 없을 것입니다.

우리들은 오늘 하루가 우리에게 많은 슬픔을 주었다고 하더라도 이것을 불행이라고 단정 짓지는 말아야 합니다. 인생을 더 아름다운 것으로 만들기 위해 삶을 조각하고 수놓는 과정이라 생각하고, 슬픔의 참맛을 더 깊이 이해해야 합니다.

오늘날의 이 거친 사회를 바라보고도 한 방울의 눈물도 없다면 그 인간을 무엇에 쓸 것입니까. 또한 인생의 깊숙한 곳에 잠재한 생의 고뇌를 슬퍼하지 않는 사람을 어찌 사람이라 할 수 있겠습니까.

　　　　　슬픔으로 인해 인생을 알고, 흐르는 눈물
에서 종교를 찾는 것을 보면, 모든 아름다움과 착함과 진실 됨은 아
마 슬픔의 산물인지도 모르겠습니다.

　아름다운이란 기쁨과 슬픔, 웃음과 울음을 잘 조화시켜 놓은 데
있는 가 봅니다. 그러므로 슬픔을 결코 불행으로만 생각하지는 말
아야 합니다.

　나는 이제 참된 기쁨엔 참된 슬픔이 있고, 참된 사랑엔 참된 미움
이 있다는 실러의 말을 다시 한 번 생각하면서 이 밤을 보내려 합
니다.

　누구보다도 고독하다고 느끼는 사람은 세상에서 가장 불행한 사
람 중 하나일 것입니다.

　자기의 뜻을 알아주는 사람이 없고, 넘쳐흐르는 마음을 이야기할

마음의 빛을 찾아 떠나는 여행

곳도 없을 뿐만 아니라 삶의 뼈저린 서글픔을 나눌 사람도, 삶의 피어오르는 즐거움을 같이 할 사람도 없다면 그 얼마나 불행한 삶이 되겠습니까. 그러나 마음을 나눌 수 있는 사람이 없어 고독한 것도 불행이지만, 마음을 나누던 친구를 잃어버린 고독보다는 덜할 것입니다.

우리는 하나밖에 없는 자녀를 잃은 홀어머니의 마음을 너무도 잘 알고 있습니다. 사랑하는 애인과 이별한 사람들이 때로는 죽음을 택하는 것도 이유가 있을 것입니다. 그들은 삶 자체를 좀먹는 고독 속에 사는 것보다는 차라리 공허한 죽음이 더 편할 것이라고 생각하기 때문입니다. 때로는 고독이 죽음보다도 견디기 어렵고 괴로운 일이 되기도 하는 것입니다.

그러면 이러한 고독에서 벗어나는 길은 무엇입니까. 고독의 반대는 무엇이 되는 것입니까. 고독을 해결하는 길은 사랑에 있습니다. 사랑은 고독과 모순 관계에 있기 때문입니다. 모든 고독은 사랑의 결핍 때문에 오는 것이며, 고독으로 인한 절망은 사랑이 있어야만 희망으로 바뀌어 지는 것입니다. 그렇기 때문에 우리들은 행복을 위해서 사랑을 찾지만, 사실 고독한 삶에 사랑이 찾아들 때 그 삶이 그대로 행복이 되는 것뿐입니다. 사랑은 행복의 조건이며 우리의 생을 충족시켜 줍니다. 하지만 사랑만큼 뜻대로 되지 않고, 사랑만큼 불합리한 것도 없습니다.

모든 사랑은 뜻하지 않은 이별을 가져오기도 하며, 더 큰 사랑을 위하여 불안에 놓여 지거나, 사라지고 깨어져서 우리들의 삶을 더 깊은 고독으로 몰아넣기도 합니다. 만남은 반드시 헤어짐으로 끝나며, 그리움은 언제나 환상에서 현실로 돌아올 때 사라지는 것이 보통입니다. 그러므로 사랑을 모르는 것도 고독이며 불행이지만, 사랑을 알게 되면 더 깊고 아픈 고독의 쓴 잔을 마실 수밖에 없는 것이 인생인 겁니다.

자식이 없는 어머니는 외롭고 쓸쓸합니다. 그러나 자식을 잃어버린 어머니의 마음이란 더욱 고독해서 절망적으로 통곡하게 되는 것입니다. 이것이 삶이며 살아 있는 모습이 아닌가 싶습니다.

그러나 사랑을 구하고 행복을 찾고자 하는 우리들의 뿌리 깊은 의욕은 마침내 사라짐이 없는 사랑, 영원한 사랑을 구하게 되는 것입니다.

누구를 위한 '나'인가, 나는 지금 이렇게 스스로에게 물어 봅니다. 내 어린 아이들을 위한 나였던가. 내 아내를 위한 나였던가. 내가 도대체 누구를 위해 살아왔으며, 이제부터 누구를 위해 살아가야 하는가. 또다시 생각해봅니다. 어떻게 보면 내가 온통 누구에 의해서만 산 것 같기도 하고, 어떻게 보면 내가 온통 누구에 의해서만 살아진 것 같기도 합니다. 그냥 나를 위해 산 것이지 다른 누구를 위하여 산 것이 아니라고 생각해 버리면 속이 시원할 것 같지만, 그렇다고 모든 것이 선명하게 풀려질 것 같지도 않습니다. 오늘 하루 내가 왜 살아 있고, 무엇 때문에 살아가는 것인지 생각해 보면 허무하기 그지없는 일입니다.

그러면 이 초라한 몸뚱이가 참으로 미워서 못 견딜 지경입니다. 도대체 사람이란 것이 무슨 이유로 살아가는 것인지 알 수 없게 되는 것 같습니다.

내가 나를 위해 살았다는 것도 믿어지지 않는 이야기입니다. 더욱이 내가 누구를 위해 살았다는 것은 더욱 믿어지지 않는 이야기입니다.

내가 나도 남도 아닌, 그저 있는 그대로 살아가는 것이 자연의 섭리라고 한다면, 바로 여기에 산다는 것의 의미가 있는 것이 아니겠습니까. 의미를 가지고 산다는 것, 의미 있게 산다는 것, 그 다함이 없고 끝이 없는 하늘의 뜻에 따르고, 자연의 섭리를 받아들이며 사는 것이 나의 삶이라고 한다면 나도 정말 살아가는 보람이 있을 것이 아니겠습니까.

그렇다면 오늘하루 나는 또 삶을 뜻 없이 허비해 버린 것이나 아닌지요. 허구한 세월, 그저 그렇게 저 푸르른 창공을 더듬어 살아온 것이 아닌지요. 살아야 한다는, 정말 살아가야 한다는 것이 하나의 숙명과 같은 것이라면, 이 시간에 굳은 의지를 다시 새롭게 해야 되겠습니다. 자연의 섭리를 받아들이며 인생의 기지개를 크게 펴보는 것입니다.

행복한 삶을
꿈꾸는 당신께

거친 마음의 영토 위에 사랑의 꽃이 피어날 때

나는 비로소 슬픔과 고독에서 벗어나 행복의 나라로 갑니다.

사랑은 죽음보다 강하고 모든 허물을 덮어 주기에

인생은 영원히 아름다울 수 있습니다.

다른 사람들과 마찬가지로 나도 행복해지려고 노력해 온 지가 꽤 오래됩니다. 많은 재산이 행복의 원인이 되며 존경받을 만한 명예가 행복의 조건이라고 생각해 본 일도 있습니다. 그럴 때마다 나는 경제적으로 도움이 되는 일에 관심을 갖고, 사회에서 명예를 얻을 수 있는 일을 맡아 보려고 기다리고 있었던 것입니다.

그러나 다시 생각해 보면, 돈은 행복을 가져올 수도 있으나 불행의 원인이 되는 때가 더 많으며, 명예는 즐거운 듯 싶으나 더 많은 수고와 노력을 동반하는 것이 사실입니다. 이렇게 생각한다면 행복은 돈 자체에 있는 것이 아니고, 돈을 어떻게 좋은 일에 쓰는가 하는 데 있을 것이며, 명예가 귀한 것이라면 진정한 명예는 오히려 진실한 삶의 대가라고 생각해도 좋을 것입니다.

나는 돈의 노예가 되어 버린 사람들을 보면 이 세상에서 가장 불행한 사람들이라는 생각이 듭니다. 이런 사람들은 우정도 신의도 정의도 사회도 국가도 모두 돈의 척도로 재어 보는 사람들이며 돈만을 쫓아가다가 돈의 노예가 되어 일생을 그르친 사람들입니다.

우리는 돈 때문에 일어나는 너무나도 많은 범죄를 보아 왔습니다. 그러나 한 사람 한 사람이 어떻게 인격을 돈 때문에 그르치고 있는가를 생각하면 놀라지 않을 수 없습니다. 알곡을 팔아서 쭉정이를 산다면 그렇게 어리석은 일이 세상에 어디 있겠습니까. 그러나 얼마나 많은 사람들이 자기의 양심을 팔고, 신의를 짓밟고, 삶 그 자체와 인격을 팔아서 돈을 모으고 있습니까. 그렇기에 돈은 행복을 구성하는 하나의 요소에 불과할 뿐이며, 행복을 완성하는 것은 인격이라고 생각합니다.

인간은 사회적 동물이라는 말이 있습니다. 그러나 오히려 인간은 명예의 동물이라고 해도 과언이 아닐 듯싶습니다. 지금 우리들은 거짓된 이름과 영광을 위해서 얼마나 많은 헛된 수고를 하고 있는 것입니까.

'남에게 보이는 일이 없다면 인간들은 오늘과 같은 문화는 건설하지 못했을 것이다.'라는 파스칼의 말이 맞는지도 모릅니다. 세상에는 웃지 못 할 일들이 너무나 많이 있습니다. 맞지 않는 옷을 입고, 맞지 않는 신발을 신고 다니는 사람을 어리석다고 생각하면서도, 자기 자신은 전혀 어울리지도 않는 이름을 가지고 있으며, 또 그것을 구하고 있는 사람들이 얼마나 많습니까. 그리고 그것 때문에 얼마나 많은 고통과 불행이 찾아오는 것입니까. 자기의 인격과 생활과 업적이 있는 그대로 나타나는 것으로 우리는 만족해야 하지 않을까요.

빛은 숨길 수 없이 빛나는 것이며, 선함은 언제나 아름다운 이름을 가져다주는 것입니다. 책임 없는 이름이 얼마나 우리 사회를 불행하게 하며, 자기 스스로를 불행하게 만드는 것인지 생각해 보여야 할 것입니다.

문 밖에 있는 헐벗은 고아를 내다보면서도 더 맛있는 음식을 찾아 생(生)을 즐기려는 욕심, 정의와 대아(大我)를 위하여 애쓰고 봉사하던 뜻있는 사람들까지도 지조를 헌신짝처럼 내버리고, 사악과 쾌락에 찬웃음을 짓는 모습, 이웃 사람들의 불행과 고통에서조차 시원하고 상쾌한 기분을 느껴 보기도 하는 우리들의 마음, 그것이 정의에 어긋나며 사회에 용납될 수 없는 일인 줄 잘 알면서도 양심의 소리를 못 들은 척하면서 본능에의 길을 택하는 마음, 이런 모든 것들을 알고 있으면서도 태연히 모르는 척하고 산다는 것은 얼마나 서글프고 우울한 일이겠습니까.

　　인간이 인간임을 혐오하게 되고, 생의 의미를 스스로 무시해 버리고 싶은 충동을 억제하기 어려운 때가 있습니다.

　　겉모양만을 보고 사는 사람은 세상 사람들의 단점을 찾아내기를 좋아합니다. 그러나 내면을 들여다볼 줄 아는 사람은 언제나 자기의 마음속에 있는 검고 붉은 흔적을 먼저 볼 수 있습니다.

우리는 다른 사람을 살피기 전에 먼저 자기 자신의 마음이 얼마나 더럽혀져 있는가를 깨달아야 하겠습니다. 그것이 자기를 구하는 길이며, 이렇게 한 사람이 깨끗하게 될 때 사회의 행복도 기대할 수 있는 것입니다.

이 일은 아주 간단한 것입니다. 지금 가지고 있는 자기의 마음을, 맑고 깨끗한 마음과 비교해 보는 데서 시작되기 때문입니다. 그것은 마치 흙탕물을 맑은 샘물과 비교하여 보는 것과도 같습니다.

우리들의 마음은 깨끗한 샘물처럼 맑아지기를 원하고 있습니다. 사회에 가득 차 있는 헛된 욕심의 세계를 떠나서 먼저 내 마음 속을 깨끗하게 하고 삶의 평화를 찾아야만 하겠습니다.

　　　　　어둠의 장막이 온 땅을 덮은 지도 오래됩니다. 숲 속의 새들도 잠들고 우주에 존재하는 모든 것들도 고요한 가운데 편히 쉬고 있습니다. 거리의 가로등이 피곤한 듯 깜빡일 때면 사람들의 마음도 어느덧 넉넉해지는 것 같습니다.

　이런 고요한 밤이 오면 잠자리에 누워 잠이 오기를 기다리며 오늘 하루를 반성해 보게 됩니다.

　나는 오늘 하루를 어떻게 보냈는가. 누구와 더불어 무엇을 하고, 이웃 사람들에게 무엇을 남기기 위하여 수고를 했는가. 그리고 이러한 하루하루가 지나서 일 년이 되고 십 년이 되고 어느덧 마지막 하루가 지나게 되면 내 생명은 끝나고 마는 것이 아닐까. 먼 후일에 내 인생의 황혼이 찾아오게 되면 나는 무엇을 남기고 잠들 것인가. 나는 이런 것들을 생각해 봅니다.

행복한 삶을 꿈꾸는 당신께

나는 벌써 여러 해를 살아왔습니다. 그리고 많은 사람들이 이렇게 사는 것을 보아 왔습니다. 돈을 벌기 위하여 분주히 움직이고, 좀 더 좋은 살림을 가지기 위하여 온갖 계획을 세워 보고, 명성과 지위를 얻어 보려고 여러 곳을 더듬어 본 것이 아닌가. 그러나 나는 무엇을 얻었으며, 그것으로써 만족할 수 있었던가. 나와 함께하는 사람들 중에 성공하고 출세한 사람들은 무엇을 얻었으며 무엇을 남기려고 하는가.

참으로 우리의 인생이 이렇게 흘러가 버리고 만다면, 긴 세월이 지난 후에 나라는 한 인간이 살아 있었다는 보람이 어디에 있을까 하는 생각도 해보게 됩니다.

우리가 이렇게 불만과 불안에 사로잡혀 자기 생활의 공허함을 숨기지 못하는 것은 무엇 때문일까요. 왜 우리는 하루 종일 수고하고도 오히려 마음의 가난함을 느낄까요. 어째서 우리는 내 삶에 최선을 다하였음에도 불구하고 이 세상에 아무것도 남기는 것이 없는 것입니까.

역시 거기에는 깊은 이유가 있습니다. 무엇인가 영원한 것이 없기 때문입니다. 비록 모래알같이 작은 일이라도 그것이 영원한 것이라면 그것은 언제나 내 것이 될 것입니다. 그러나 때로는 큰일을 알듯싶어도 그것이 영원한 것이 되지 않으면 모래 위에 세운 집처럼 덧없이 사라질 것이 아니겠습니까. 그러면 누가 이 영원한 것을 알고 그것을 따르고 있을까요.

모두가 거칠고 못 쓰게 되고 말았습니다. 눈에 보이는 것보다 귀중한 눈에 보이지 않는 것을 버리고 말았습니다.

현대인은 조상이 물려 준 보물 중에서도 특히 꿈을 상실했습니다. 현대인들이 고도로 발달한 과학 문명을 자랑하면서 고대인들이나 중세인들보다 더 불행하고 비참해진 것은 무슨 까닭입니까. 그것은 우리가 자기기만과 자기 꾀에 빠져 스스로에게 침해당하고 있기 때문입니다.

오늘날 우리는 몸과 마음이 지칠 대로 지쳐 있습니다. 그릇된 사고방식이 우리의 생활을 지배하고 있습니다. 오직 물질만이 존재한다고 생각하는 것, 비창조적인 생활에서 벗어나지 못하고 있는 것이 현실이라고 말해도 과언은 아닐 것입니다.

우리는 먼저 할 일과 나중에 할 일을 구별할 줄 알아야 할 것입니다.

　　'**세상에서 가장 불행한** 사람이 누구냐?'고
묻는다면 나는 망설이지 않고 이렇게 대답하겠습니다. 세상에서 가
장 불행한 사람은 버림받은 사람일 거라고.

　남편에게서 버림받은 아내, 그리고 아내에게서 버림받은 남편, 그
어느 편이나 불행한 사람이 아닐 수 없습니다. 지금까지 사랑해 오
던 사람이 갑자기 나를 배반한다든지 또는 어쩔 수 없는 사정으로
서로 헤어져야만 하는 경우, 우리들은 가슴 깊은 절망감과 슬픔 때
문에 불행한 마음속으로 빠져들게 됩니다.

　사랑하는 사람끼리 이별할 때에도 말할 수 없는 괴로움이 따르는
데, 하물며 사랑하는 사람에게서 버림을 받고 떠나야 하는 사람의
마음이 얼마나 아플 것인지는 겪어 보지 않은 사람은 짐작하기 어
려울 것입니다.

세상에는 이러한 슬픔과 괴로움 속에서 세상을 원망하며 살아가는 사람들이 많을 것입니다. 사람들은 서로 사랑하면서도 서로 사랑할 수 없는 상황에 슬퍼하고 괴로워하며, 또 어떤 사람은 사랑하는 사람에게 버림받은 아픔에서 헤어나지 못하고 때로는 삶을 포기하기도 합니다.

　어쩌면 이것이 삶의 조건인지도 모르겠습니다. 하지만 그것은 인생의 비극임엔 틀림없습니다.

　버림받은 인간, 그는 세상에서 가장 불행한 사람일 것입니다. 사람에게서만이 아니고, 신에게서 버림받은 인간은 더욱 슬픈 존재일 것이라고 나는 가끔 생각해 봅니다. 또한 사랑하는 사람에게서 버림받는 것도 억울하지만, 버림받는다는 것은 견딜 수 없이 슬픈 일입니다.

　명예나 지위는 없어도 견딜 수 있으나, 버림받은 인간의 슬픔은 구할 길이 없을 것 같아 슬퍼지는 밤이 있습니다.

나의 생명을 좀먹는 독소를 제거하고 생명을 거부하는 죄를 없애 버려야겠다는 생각을 합니다. 잃어버린 꿈을 찾고 가장 순수하고 아름다운 것을 창조할 줄 아는 인간이 되고 싶습니다. 정말 시간적으로 영원하고 공간적으로 무한한 미의 창조와 진리의 발견을 게을리 해서는 안 되겠다는 생각을 하면서, 나는 가을밤의 밝은 달을 우러러봅니다.

우리는 모두가 황폐해진 시대에 살고 있습니다. 보이는 것보다 보이지 않는 파괴가 더 심한 비극 속에 살고 있는 것입니다. 미의 최고의 형식이라고 할 수 있는 꿈을 잃어버린 황무지에 생명의 뿌리를 내리고 있다고 해도 과언이 아닐 듯싶습니다. 중세인들이 현대인들보다 더 행복하게 느껴지는 것은 그들이 꿈을 가지고 있었기 때문이 아니겠습니까. 비록 파괴가 심한 비극 속에 산다고 할지라도 중세인들이 품었던 것과 같은 꿈을 지녀보고 싶습니다.

인간의 꿈 중에서 가장 순수한 꿈을 가져 보고 싶은 것입니다.

어떤 사람이 인간다운가 그렇지 않은가를 판단하는 기준은 언제나 그 인격에 있습니다. 인간은 어떠한 경우에도 방법이나 수단이 될 수 없으며, 인격은 항상 목적이 되어야 하는 것입니다.

정치는 인간을 위하여 있는 것이며, 신의 사상도 우리들의 인격을 위하여 있어야 하는 것입니다. 때때로 우리들은 인간을 이용하여 인격을 가볍게 다루는 사회와 정치를 보게 됩니다. 그렇지만 그것은 악 중의 악이며, 배척해야 할 사상과 태도라고 할 수 있습니다. 그러나 인격이 갖추어진다고 하는 것이나 인간이 인간답게 된다고 하는 것은, 개인의 수양이나 노력 또는 지식에 의해서만 되는 것은 아니라고 생각합니다.

인격은 언제나 다른 사람과의 사귐에서 이
루어지는 것입니다. 우리들의 생활은 돌과 돌이 부딪치고 산속의
짐승들이 서로 만났다 헤어지는 생활과는 다릅니다. 사람 간에 정
을 주고 마음이 통하여 뜻이 하나가 될 때 삶은 이루어지는 것이며,
그 삶을 통하여 인격이 완성되고 열매를 맺는 것입니다.

그러나 이러한 인간의 사회적 생활 모두가 인격을 갖추는 데 있어
서 좋은 조건으로만 작용하는 것은 아닙니다. 거기에는 소극적이며
부정적인 요소도 끼어 있는 것입니다. 평온함과 화목함이 결여되어
있을 때 싸움이 일어나며, 우리들의 사회적 생활은 인격을 완성해
가는 과정에서 반드시 어떠한 영향을 남겨 주고야 마는 것입니다.

그러면 우리가 인격을 갖추어 나가는 데 있어서 무엇이 좋은 조건
이 되고, 또 어떠한 것들이 좋지 않은 결과를 가져오는 것인지 생각

해 보아야 할 일입니다. 예로부터 인(仁)을 말하고 의(義)를 주장하며 자비(慈悲)를 이야기해 온 것은 모두가 그러한 생활의 가치가 우리들의 인격을 완성시키는 원칙이 된다고 여겨 왔기 때문입니다. 그렇다면 우리들은 자아의 인격을 더 완전하고 고상한 것으로 만들어 가기 위하여 무엇을 하였으면 좋겠습니까.

우리는 여기에서 인격의 완성을 위한 사랑과 그와는 반대되는 건전한 인격을 파괴하는 요소도 발견하게 됩니다. 우리들 생활에 있어서 분열된 모든 것을 하나로 만들 수 있는 것은 사랑밖에 없습니다. 그러나 인격 완성을 위한 이러한 사랑에는 끊임없는 노력이 뒤따르기 때문에 우리들은 나쁜 요소들을 발견하게 되는 것입니다. 인격이 사회생활을 해 나가는 동안에 갖추어진다면, 사랑은 인격완성의 유일한 요소라 할 수 있습니다.

행복한 삶을 꿈꾸는 당신께

75

인생이란 행복을 추구하는 것인지도 모릅니다. 행복이란 아름다운 것입니다. 그러나 그 행복을 찾아 방황하는 인생은 고달픈 것인가 봅니다.

오늘 하루도 끝없는 욕망의 포로가 되어 불평 속에 저물어가는 것은 아닌지요. 그러한 마음은 수양이 없는 탓인지도 모릅니다. 그러기에 나보다 돈 있고 권세 있고 능력 있는 사람을 질투하는지도 모릅니다. 내가 무능하고 부족하기에 집안에서도 불평이 터지는지도 모릅니다.

이런 불평 속에서 행복과는 거리가 먼 생활을 하고 있던 중에 나는 우연히 수감자들이 만든 작품 전시회에 가게 되었습니다.

그 전시회는 생각보다 훌륭했습니다. 정말 나의 생각과는 아주 딴판이었습니다. 정성이 가득 담긴 그림, 그리고 윤이 나는 가구들과 직조물, 여러 가지 생활필수품이 시장의 상품 못지않게 만들어져 진열되어 있었습니다.

그 중에서도 특히 나의 흥미를 끌었던 것은 조각품이었습니다. 그것은 썩은 통나무를 깎아서 만든 것이었는데, 한 젊은 남자가 소년의 손목을 잡고 바다로 나가는 풍경이었습니다.

자세히 살펴보니 그 곳에 있는 모든 것들은 보잘 것 없는 소재로 만든 것들이었습니다. 그림의 재료는 유화 물감이 아닌 페인트요, 캔버스가 아닌 광목천이었습니다. 시와 수필을 써서 붙인 괘도는 생주나 명주발 대신에 꽃무늬의 도배지였습니다.

나는 형무소 안과 같은 그 폐쇄된 공간에서 얻을 수 있는 소재로 이와 같이 그 어떤 의미와 미를 창조할 수 있는 그들의 창의성을 보았습니다. 그리고는 문득 그 작품들을 만들어 나가는 동안에 그들이 느꼈을 행복감을 상상해 보았습니다.

나는 이것을 보며 인간은 어디서나 그 주어진 환경에서 주어진 소재로 미를 창조하며 나름대로의 행복을 구할 수도 있다는 것을 느꼈습니다. 아니, 행복은 구하는 것이라고 하기보다는 차라리 창조한다는 표현이 더 맞을지도 모릅니다. 즉, 멀리 행복을 찾으러 가는 것이 아니라, 내 마음 속에 숨어 있는 행복의 터전을 파헤치고 선과 미의 씨앗을 심는 것인지도 모릅니다. 더욱이 나를 놀라게 한 것은 그 옥중에서 수산화마그네슘을 추출하는 데 성공했다는 사실입니다.

나는 이것을 보고 다시금 나의 불평의 본질을 생각해 봅니다. 내가 아무리 부자유스럽다고 해도 수감자보다는 자유로울 것입니다. 내게 아무리 불편한 점이 있다고 해도 옥중에 있는 사람보다는 편할 것입니다. 나의 불평은 오로지 생에 대한 나의 그릇된 태도에서 오는 것임을 새삼 느끼고 있습니다.

사랑은 모든 허물을 덮어 준다고 합니다. 사랑은 죽음보다 강하다고 합니다. 이런 사랑이 나와 이웃, 국가와 국가 사이에 실현되는 날, 비로소 나는 평화란 이름의 참뜻을 알게 될 것 같습니다. 또 진정한 삶의 기쁨과 행복을 맛보게 될 것입니다.

나는 세상이 어수선할 때마다, 그리고 내 생활 주변이 복잡해질 때마다, 행복의 참 의미와 인간이 서야 할 자리를 찾는 일에 최대의 열정을 기울여야겠다는 생각을 버릇처럼 해 보곤 합니다.

이러한 밤에는 내 삶의 의미가 무엇인지 알 것 같아서 마음이 포근해집니다. 이 포근한 마음으로 인한 정신의 풍토가 나를 감싸 줄 때 나는 행복해지고 평화로워지는 것입니다. 나는 사랑을 느끼며 살아갈 것입니다. 모든 허물을 덮어 주는 사랑, 죽음보다 강한 사랑에 나를 맡기고 인생의 거친 행로를 뚜벅뚜벅 걸어갈 것입니다.

세상은 무한히 넓으면서도 한편으로는 좁습니다. 낮은 긴 것 같으면서도 짧습니다. 행복은 남의 것인 동시에 나의 것도 될 수 있다는 가능성에 우리의 정열은 용솟음칩니다.

기복이 심한 이런 인생행로에서 우리는 웃기도 하고 울기도 하며 살아가는 것이 아닙니까. 무조건 인생을 슬픈 것으로만 생각할 필요는 없을 것 같습니다. 그렇다고 무턱대고 인생을 즐거운 것으로

만 생각해도 곤란할 것입니다.

나는 생각합니다. 슬프면 슬픈 대로, 기쁘면 기쁜 대로 살아 보는 것도 괜찮으리라고.

거친 마음의 영토에 사랑의 꽃이 피어날 때 슬픔과 고독에서 벗어나 행복해질 수 있습니다. 이러한 생각으로 이웃의 허물을 덮어 줄 때 세계는 달라질 것입니다. 보이는 것 하나하나가 새로운 의미와 새로운 환희로 다가설 것입니다.

누구에게나 길은 멀고 해는 짧습니다. 정열은 식어 가고 황혼은 깃듭니다. 그러나 꽃 한 송이, 돌 하나라도 사랑할 줄 아는 마음을 잃지 않는 한, 당신은 영원히 늙지 않을 것입니다.

사랑은 죽음보다 강하고 모든 허물을 덮어 주기에 인생은 영원히 아름다울 수 있습니다.

그대 돌아오는
지친 언덕 위에

가야 할 길이 아직도 멀기만 합니다.

그러기에 나는 지금 고독에서 벗어나야 합니다.

나의 영혼이 잃었던 고향을 찾으면

슬픔은 사라지고 행복은 나를 버리지 않을 것입니다.

불행은 나에게만 있는 것은 아닙니다. 슬픔 또한 그렇습니다. 그러나 우리들은 나만 고독하다고 생각하는 때가 많이 있습니다. 나만 외롭고, 나만 가난 속에서 허덕이고 있는 듯이 생각하고는 비관하는 때도 많이 있습니다. 사실은 그렇지 않은데도 우리는 자주 그렇게 생각합니다. 그만큼 인간은 자기중심적인 듯합니다. 이렇듯 나만을 생각하고, 남을 돌볼 줄 모르는 것이 인간의 속성인 듯싶습니다.

나의 불행은 볼 줄 알면서 나의 허물은 볼 줄 모르는 인간, 그리고 나의 슬픔과 고독은 뼈저리게 느끼면서 남의 고독이나 슬픔을 대하면 무관심해 지는 것이 인간이라고 한다면, 우리들은 비참한 존재가 아닐 수 없습니다.

　　　　　　나의 불행을 알듯이 남의 불행도 살필 줄
아는 사람, 그리고 내 눈물의 의미를 알듯이 남의 괴로움도 이해할
줄 아는 사람, 나는 그러한 마음의 소유자이고 싶습니다. 자기의 이
익만을 생각하는 인간으로부터 벗어나 조금이라도 남을 생각하는
인간이 되고 싶습니다.

　결코 불행이라고 하는 것이 나에게만 있는 것은 아닙니다. 슬픔과
고독과 가난도 그렇습니다. 살펴보면 나보다 더 불행한 사람, 나보
다 더 슬픈 사람, 나보다 더 고독하고 외로운 사람들이 세상에는 얼
마든지 있습니다. 그러나 그들도 살고 있습니다. 살기 위해 애쓰고
있습니다.

　나는 언젠가 '목로주점'이라는 영화를 본 적이 있는데, 아직도 생
생히 기억되는 장면이 있습니다. 그 영화의 여주인공으로 나오는

'마리아 셸'의 웃는 얼굴, 바로 그 표정입니다.

가난 속에서 허덕이다가도 때때로 그녀의 표정에 나타나는 함박꽃 같은 미소는 정말 잊을 수가 없습니다.

불행을 넘어서 행복의 언덕에 이르려고 꾸준히 노력하며, 환희와 감격의 아름다운 삶을 꿈꾸며, 가난과 외로움을 극복하면서 살아가는 것. 그것이 살아가는 인간의 진실한 모습이라고 생각해 봅니다.

아마도 그런 미소를 지을 수 있다는 것은 인간이 누릴 수 있는 최대의 축복일 것입니다. 슬퍼도 웃을 수 있는 얼굴, 가난해도 미소를 잃지 않는 마음이야말로 가장 고귀한 것이 아닐 수 없기 때문입니다.

좋은 친구, 의로운 친구를 가진 사람은 행복한 사람입니다.

나는 요즘 이런 생각을 하는 시간이 많아졌습니다. 생활이 고달프거나 마음이 괴로울 때마다 나는 친구들을 눈앞에 그려 봅니다. 괴로울 때 같이 괴로워할 수 있고, 기쁠 때 함께 기뻐할 수 있는 친구, 그것은 나의 큰 위안인 동시에 행복의 근원이기도 합니다. 나는 영화를 볼 때에도 그렇거니와 소설을 읽다가도 아름다운 우정의 모습이 보이는 장면에 가장 마음이 끌리는 나 자신을 발견하곤 합니다.

내가 남에게 좋은 친구가 되지 못하면서 남이 나에게 좋은 친구가 되어 주기를 바랄 수는 없습니다. 그러나 사람의 욕심이란 종종 이러한 잘못을 범하는 것 같습니다. 나는 남에게 그렇게 못하면서 남이 나에게 친절과 애정을 보여 주기만을 바라고 기다리는 것이 사

사랑, 그 달콤함에 대하여

람의 마음인 것 같기도 합니다. 나만을 위해주고, 나만을 높여 주기를 바라는 것 또한 그렇습니다.

만난 자리에서 침이 마르도록 칭찬을 하다가도 돌아서면 욕을 퍼붓는 사람, 그는 좋지 않은 사람들 가운데 하나일 것입니다. 있는 자리에서야 어쨌든, 친구가 없는 자리에서 친구의 장점을 말해 줄 수 있고, 친구를 높일 줄 아는 사람이야말로 진정한 벗이라 할 수 있을 것입니다.

'네가 대접을 받고자 하는 대로 남을 대접하라.'는 성경 구절은 그 뜻이 심오하여 인생에 유익한 잠언이라 할 수 있습니다. 내가 다른 사람들로부터 사랑과 존경을 받고 시은 것처럼, 내가 남을 존경하고 사랑할 줄 아는 사람이 되고 싶습니다.

잠이 오지 않는 밤, 나는 조용히 자리에 누워서 내가 친구에게 한 일들을 생각해 봅니다. 그리고 나의 친구가 나에게 한 일들을 생각해 보는 것입니다. 좋은 친구, 의로운 친구를 가졌다는 것은 인생의 가장 큰 행복일지도 모릅니다.

'지금 고독한 사람은 언제까지 고독하며, 지금 집 없는 사람은 언제까지 집 없이 방황할까?' 독일의 고독한 시인 릴케는 그의 시에서 이렇게 말하고 있습니다.

나는 이 구절이 떠오를 때마다 나의 고독이 언제 끝날 것이며, 집 없는 나의 생활이 언제 집 있는 행복으로 바뀔 것인지 곰곰이 생각해 봅시다.

어쩌면 현대인의 특징은 고독한 데 있는 것인지도 모릅니다. 영혼의 고향, 정신의 집들을 잃어버리고 방황하는 것이 과학화된 문명 세계에 살고 있는 현대인들의 모습일지도 모릅니다. 그 집 없는 생활이 언제까지 계속될 것인지, 그 고독한 생활이 언제까지 우리의 마음을 아프게 할 것인지, 안타까운 일이 아닐 수 없습니다.

지금 내게 필요한 것은 나의 구원입니다. 고독에서 구원되고 대중

속에서 나 자신을 찾는 일입니다. 불안한 세상에 살고 있는 나 자신의 위치와 몸가짐을 확립하는 것입니다. 그것이 내가 찾아야 할 나의 집이라고 생각하면서 집 없는 자신을 돌아봅니다. 고독한 나의 영혼이 흐느껴 우는 것을 봅니다.

나는 내가 구원받는 날을 희망해 봅니다. 집 없는 내가 집을 갖게 되는 날을 상상해 봅니다.

사람은 누구나 고독할 것입니다. 집 없는 사람은 수없이 많을 것입니다. 그는 언제까지 고독해야 하는 것입니까. 그는 언제까지 집이 없을 것입니까. 오늘 하루도 쓸쓸히 저물어 가고 있습니다. 여전히 분주한 사람들이 무심히 나의 앞을 스쳐 지나갑니다.

밤은 길고 새벽은 아직 멀었는데 때마침 성당의 종소리가 들려옵니다. 나는 그 종소리에 잠깐 망설이며 걸어온 길을 뒤돌아봅니다. 그리고 이제 가야 할 길을 창밖으로 멀리 바라봅니다. 갈 길은 아직 멉니다. 그러기에 나는 지금 고독에서 벗어나야 합니다.

고독이 내게서 물러나고, 나의 영혼이 잃었던 고향을 찾았을 때 슬픔은 사라지고 행복은 나를 버리지 않을 것입니다.

나는 날마다 새로운 길을 갑니다. 숲 속의 풀밭으로, 샘터로, 그리고 어떤 때는 장미꽃 피어 있는 꽃밭으로 갑니다. 언덕에 올라가서 들을 바라보는 날도 있습니다.

병풍처럼 둘러앉은 높은 산과 등 굽은 나무가 구불구불 서러운 듯 속삭일 뿐 지저귀는 새소리도 들리지 않습니다. 여기저기 피어난 쓸쓸한 꽃들은 석양빛에 가벼이 몸을 떨고, 흘러내리는 시냇물 소리도 없이 들은 고요합니다. 잃어버린 진리를 찾아 남몰래 탄식하는 정적만이 깃들 뿐입니다. 어느덧 흐린 하늘에 검은 구름이 덮이더니 비가 쏟아지기 시작합니다. 어디론가 별은 숨어 버리고 연못가의 바람은 한숨을 쉬며 한탄하는 듯합니다. 아, 잃어버린 산과 나무와 별들의 그림자를 찾고자 물결치는 연못은 몹시도 깊습니다.

나는 이렇게 슬픔에 잠겨 있는데 당신은 아직 나에게 오지 않고 있습니다. 고요한 밤의 기도는 내 가슴의 깊은 골짜기에서 피어오릅니다. 깊은 밤, 하늘을 쳐다보는 나의 두 눈에 고이는 눈물을 나는 말없이 삼키며 앉아 있습니다.

마음은 상처를 입었고 몸은 피로합니다. 이제 고요한 하늘의 아름다운 달이 밤의 공포를 쫓아 줄 것을 나는 생각해 봅니다. 어두운 밤과 함께 오늘의 괴로움은 사라져 버리고, 어느덧 밝고 환한 아침이 찾아오리라는 것을 나는 의심하지 않습니다.

나는 지금 '무지(無知)가 죄'라는 옛 현자의 말을 생각해 봅니다. 그러면 이 말의 반대로 배움은 선이라고 할 수 있을까요. 그렇습니다. 배우는 마음은 언제나 겸손한 마음, 그리고 늘 비어 있는 마음입니다.

또 그것은 무엇이나 채워 넣으려고 애쓰는 마음입니다. 내가 배움에 몰두하던 시절은 언제나 희망에 차고 싱싱하기만 했습니다. 그런데 배움을 박차 버린 시간부터 초조와 불안과 적막이 앞을 가로막았습니다.

배운다는 것, 안다는 것은 인생을 배우고, 인생을 안다는 말입니다. 그러나 글줄이나 배운다고 해서 그것이 인생을 배우는 것도 아니며, 학문에 뛰어나다고 해서 그것이 인생을 많이 아는 것이라고는 단정할 수 없습니다. 그러므로 배움의 소재라는 것은 학교에서 가르치는 교과서에 있거나 도서관에 쌓인 책 속에만 있는 것은 아닙니다.

　　　　　내가 인생에 눈을 뜨고 인생의 쓴맛 단맛을 알게 된 것은 이 고된 길을 걸으면서였습니다.

　공자는 이렇게 말했습니다.

　"두 사람이 나와 함께 길을 가는데 그 두 사람이 다 나의 스승이니라. 착한 사람에게서는 그 착함을 배우고, 악한 사람에게서는 그 악함을 보고 자기의 잘못된 성품을 찾아 뉘우칠 기회를 삼으니, 착하고 악한 사람이 모두 내 스승이다."

　배우는 마음을 가졌을 때 모든 환경이 배움의 소재가 된다는 말입니다. 그러므로 우리는 언제나 학도(學徒)의 마음을 가져야 하겠습니다. 얄팍한 지식, 대수롭지 않은 경험을 가지면 곧 드러내 보이려고 애쓰고, 남을 가르쳐 보려고 애쓰는 어리석음을 가졌던 나의 지난날이 몹시도 후회스럽습니다.

그대 돌아오는 지친 언덕 위에

97

인생은 끊임없이 배우고 또 배워도 다 알 수 없을 만큼 깊습니다. 우리는 묵묵히 머리를 숙이고 배우는 자세로 돌아가야 할 것입니다. 배우는 마음은 주체가 확립된 마음, 즉 자기 인생관을 올바로 세우고 사는 마음입니다. 자기가 설 자리에 아직도 서지 못하고, 자기 위치를 바로 정해 놓지 못하고서는 인생을 의미 있게 살 수 없습니다. 배운다는 것처럼 위대한 일은 없습니다.

그러나 잘못 배우면 더 큰 파멸의 결과가 옵니다. 인류 문화의 파멸을 가져왔던 모든 영웅주의자들은 무식한 사람들이 아니었고, 모두 배웠다고 하는 사람들이었습니다. 그것은 인간 그 자체를 바로 알지 못한 까닭입니다. 천사도 아니요, 그렇다고 짐승도 아닌 인간, 천사 같은 데가 있는 반면 짐승 같은 구석도 있는 인간, 이것을 바로 알지 못하고 배운다는 것은 또한 위험이 따르는 것입니다.

익은 곡식은 고개를 숙이는 법입니다. 배우고 있는 사람, 인생을 바로 배우는 사람은 겸손과 자기 심화에서 참된 자기를 키우고 있는 사람입니다.

우거진 수목 사이의 어두운 길을 조심스럽게 걷고 있습니다. 끊이지 않는 도시의 시끄러운 잡음은 멀리에서 희미하게 들려오고, 하늘에는 수없이 많은 별들이 무질서하게 깔려 있습니다. 신선한 바람이 얼굴을 스치고 지나갑니다.

이러한 밤이면 왠지 마음은 한결 가벼워지고 사색의 영역이 한없이 넓어지는 것 같습니다. 또한 신비한 사람의 여러 비밀이 하나둘 풀리는 듯도 합니다. 그러다가는 어둠의 창이 무섭게 닫히고 만사가 헛되이 맴도는 때가 있습니다. 이러한 때는 나 자신이 무척 가련하게 생각됩니다. 그것은 우리들이 영원한 외로움에서 헤매고 있기 때문인지도 모릅니다. 우리가 하고 있는 모든 일은 이러한 고독에서 헤어나기 위함인가 봅니다.

넓은 하늘 아래의 모든 생물들은 잠시라도 무서운 고독에서 벗어나기 위해 애쓰고 있습니다. 그렇지만 이 세상의 그 어떠한 것도 우리의 고독을 깨뜨릴 수는 없을 것 같습니다. 우리는 늘 고독하기만 합니다. 고독이 우리를 괴롭히고 있습니다. 우리가 찾는 행복이 이기적인 만족을 위한 것이라면, 그리고 인생의 고독을 견디어 내고 극복하려 하지 않고 회피하려고만 한다면 우리의 고민은 더욱 깊어질 것입니다.

이 밤처럼 어둡고, 눈에 보이지 않는 그 무엇이 나를 눈여겨보고 있는 것만 같은 삶입니다. 이러한 삶에 대한 회의가 점점 깊어져서 탈출에의 희망은 꿈꾸어 보지도 못하고, 내 주위의 생생한 것들은 하나도 느끼지 못한 채, 심연과도 같은 어두운 하루하루를 살아가는 것인지도 모릅니다.

내 주위의 어둠을 뚫고 어디선가 한탄의 소리가 들려옵니다. 어둠 속에서는 아무도 보이지 않습니다. 나는 홀로 외로이 서 있으며, 고독하고 공허한 내 마음 속을 시간은 하염없이 흐르고 있습니다.

수많은 별들은 넓고 넓은 밤하늘에 마치 불꽃처럼 퍼져 있습니다. 그러나 저 별들 속에서 무엇이 이루어지는지 아는 사람은 없습니다. 마찬가지로 우리는 다른 사람의 마음속에 무엇이 일고 있는지 알지 못합니다.

모든 것은 이렇게 융합하기 어렵기 때문에 우리는 외로움을 느낍니다. 그러나 생활은 끊임없이 서로를 접촉하게 하고 있습니다. 우리는 사슬같이 얽혀 서로 사랑하고 있습니다. 그러나 융합이라는 우리의 노력이 물거품이 되는, 이를테면 사랑은 결실을 이루지 못한 채 의미 없는 포옹과 헛된 친절이 반복되어 마침내는 서로 반목하게 되는 경우도 있을 것입니다. 하지만 우리는 정성어린 마음으로 사람들을 대하며 우리의 인생을 꿈과 사랑으로 장식해야 할 것입니다. 이 어둠 속에서도 내 마음을 활짝 열고 대기 중의 공기를 마

그대 돌아오는 지친 언덕 위에

101

음껏 들이마시며 나와 내 주위를 에워싸고 있는 모든 것을 사랑할 때, 행복은 찾아올 것입니다.

세상을 괴로운 것이라고 생각하면서 살아간다면 정말 세상은 괴롭기만 할 것입니다. 또한 허무와 절망만을 느끼는 순간은 삶 전체가 그것들로만 채워져 있는 것으로 생각되는 법입니다.

그러나 인간이 살아가는 길은 참으로 오묘하고 신통한 데가 있는 것이어서, 어제까지는 노력한 보람도 없이 하는 일마다 뒤틀리다가도, 오늘은 뜻밖의 손님이 오듯 행운과 성공이 찾아드는 일도 있는 것입니다. 마치 흐리고 궂었던 날씨가 개이듯이, 추운 겨울이 가고 봄이 오듯이, 어두운 밤이 지나가고 동쪽 하늘에 해가 떠오르듯이 우리에게 환희와 감격의 순간이 오기도 하는 것입니다.

그래서 괴롭고 절망감이 드는 날은 그 괴로움과 절망만을 골똘히 생각할 것이 아니라, 밝은 내일의 새로운 운명을 믿으면서 조용히 흐르는 시간에 마음을 의지하는 것도 좋을 것입니다. 그리고 그것이 얼마나 소중한 일인가는 내일의 태양이 떠오를 때 비로소 깨닫게 되는 것입니다.

사업에 실패를 하거나, 직장에서 밀려나거나, 남의 모함을 받거나, 친구에게 배신을 당하거나, 부모와 자식 간에 거리감이 생기거나, 애인의 표정에서 이별의 순간을 읽어 낼 때 혹은 낯모르는 사람에게 모욕을 당하거나, 자기의 옳은 주장이 아무에게도 지지를 받지 못하거나, 합당하지 않은 소리를 들을 때, 그리고 하기 싫은 일을 해야 하거나, 싫은 사람과 매일 마주해야 하거나, 부모 또는 자식이 도리를 벗어난 길을 갈 때, 이러한 모든 일이 우리를 괴롭게 하고 슬프게 하는 것은 사실입니다.

그러나 이러한 일들보다도 정말 나 자신을 무서운 절망 속에 빠뜨리는 일은 무엇이겠습니까. 그것은 스스로가 자기에 대한 자신감을 잃은 때가 아니겠습니까.

세상에 나처럼 못난 놈은 없구나. 내가 세상에서 해낼 수 있는 일이라고는 아무것도 없구나, 내 가족이 나를 불신하고 세상이 나를 조소하는 것은 너무나도 당연한 일이야. 이러한 생각이 가슴속 깊숙이 파고들 때의 슬픔이야말로 세상에서 가장 큰 슬픔이 아니겠습니까.

자기 자신의 타고난 개질, 다른 사람은 도저히 따를 수 없는 그 재질을 몰라보거나 또는 대수롭지 않은 것으로 여기고 엉뚱한 곳을 찾아 헤매는 사람들이 있습니다. 또한 한 고비만 넘으면 성공과 영광이 기다리고 있는 마지막 순간에 자기 자신을 포기해 버리는 사람도 많은 듯합니다. 너무 초조한 생각을 가지고 성급한 결단을 내려서는 안 됩니다.

오늘 하루가 괴롭고 답답했더라고 차분하게 마음을 가라앉히고 새롭게 밝아올 내일을 기다리는 것이 올바른 삶의 태도인 듯싶습니다.

봄은 온다는
소식도 없이 찾아와

한없이 넓고 한없이 맑고

한없이 푸르른 바다는 마음입니다.

그 바다를 그리워하는 마음으로 살고 싶습니다.

봄이 찾아오면 마음의 정원에

꽃나무 하나 심어야겠습니다.

사람들은 모두 마음속에 보물을 간직하고 있습니다. 인정이라는 것도 그 중에 하나일 것입니다. 인정이 없는 사람은 이 세상에 한 사람도 없을 것 같지만, 오늘 이 시대를 사는 사람들은 메마르고 인색한 마음으로 살아가는 것이 아닌가 하는 생각을 해 봅니다.

우리는 인정이라고 하는 아름다운 마음을 잊어버리고 살기 때문에 표정은 일그러지고 양미간에는 주름이 잡혀 가고 있습니다. 더욱이 우리의 생활은 거칠어지고 사회는 점점 어두워지고 있습니다. 그런 까닭에 나는 인정이 무엇인지를 다시 한 번 생각해 보게 됩니다.

내 생활을 훈훈하게 만들어 주고 우리의 사회를 명랑하게 꾸밀 수 있는 마음의 터전이 어떤 것이어야 할지 생각해 보고 싶은 것입니다.

　'인심(人心)이 수심(獸心)'이라는 말도 있기는 하지만 그것은 되풀이
하기엔 너무나 무서운 말인 것 같습니다.

사람의 마음이 정말 짐승의 마음 같다면 사람 곁에서 사람이 어떻게 살 수 있을지 반문해 보지 않을 수 없습니다. 하긴 그러한 말이 있는 것을 보면 세상에 그런 사람이 없지는 않은 모양입니다.

요즘 주변에서 빈번히 발생하고 있는 살인극의 주인공들에게는 모두 그 표현이 들어맞는다고 해도 과언은 아닐 것입니다. 그러나 이 세상이 그런 사람들로만 가득 차 있다고 단정한다면 나는 전적으로 그 말에 찬성할 수 없습니다. 물론 세상에는 나쁜 사람이 많이 있습니다. 하지만 그와 반대로 세상에는 착한 사람 또한 많다는 것을 잊어서는 안 될 것 같습니다. 이것이 내가 인정이라는 말을 다시 생각해 낸 까닭인지도 모르겠습니다.

마음씨가 고운사람, 인정에 사는 사람 또는 곁에 가면 어딘지 모르게 따뜻한 마음의 체온을 느끼게 하는 사람, 이런 사람들이 우리 주변에 있다는 것을 생각할 때마다 나는 마음이 즐거워지고 인생이 행복해지는 것을 느낍니다. 조금만이라도 따뜻한 인간미를 보여 준다면 우리의 삶은 활기를 띠게 될 것이라고 생각해 봅니다.

인간으로서 마음에 메마르고 인색하다는 것은 너무나 큰 슬픔이 아닐 수 없습니다. 나는 이러한 슬픔에서 헤어나기 위해서라도 '인정'이라는 두 글자를 마음 속 깊은 곳에 담아야겠습니다. 그리고 나의 인정이 진실하고 따뜻한 인정이기를 빌어야 할 것만 같습니다.

이것은 남에게 하는 말이 아니고 내가 나 자신에게 하는 말이라고 해야 옳을 것입니다. 인정, 그렇습니다. 내게는 사람다운 마음씨가 있어야겠습니다.

　　　　　　나는 때때로 우정이라는 것을 생각해 봅
니다. 친구란 무엇인가를 생각해 봅니다. 그러나 나는 끝내 우정이
무엇인지를 알지 못합니다. 친구가 무엇인지를 알지 못하고 돌아섭
니다.

　내가 우정이 무엇인지를 안다면 또 친구가 무엇인지를 안다면 내
인생은 좀 더 아름다웠을 것입니다. 친구와의 사이가 좀 더 향기롭
고 가까웠을 것입니다.

　우리는 대수롭지 않은 일 때문에 친구와 싸우는 일이 종종 있습니
다. 가끔 우리는 벗과 말다툼을 합니다. 그리고 사소한 의견의 차
이로 말미암아 서로 원수가 되는 경우도 흔히 볼 수 있습니다. 그런
것이 우정이라면 우리는 우정이라는 것을 다시 한 번 생각해 보아
야 할 것 같습니다. 그런 것이 친구라면 인생은 너무 쓸쓸할 것 같

봄은 온다는 소식도 없이 찾아와

습니다.

하찮은 일로 친구와 다툰 날은 몹시 우울합니다. 조금만 양보했더라면 괜찮았을 것을 대수롭지 않은 자존심과 고집 때문에 절친한 벗끼리 등지게 되는 날은 울고 싶도록 안타까운 마음이 듭니다.

서로 사랑하고 존경하던 친구를 잃는다는 것은 참으로 괴로운 일입니다. 사랑하고 존경하는 친구에게 버림을 받는다는 것은 더욱 괴롭고 안타까운 일이 아닐 수 없습니다. 조그만 이해타산 때문에 깨어지는 우정은 진정한 우정이라고 할 수 없습니다.

나만을 생각하고 남을 생각지 못하는 마음에는 우정의 싹이 있을 수 없습니다. 서로 존경하고 이해할 때에만 우정이 지속될 것입니다.

착한 친구, 의로운 친구가 그리워지는 밤이 있습니다. 이해타산을 떠나서 사귈 수 있는 의로운 마음의 소유자가 사무치도록 그리운 시간이 있습니다. 한 사람이라도 좋습니다. 의로운 친구를 가진 사람은 진정 행복한 사람이라고 말할 수 있습니다. 지금 나는 하는 수 없이 잡아 보는 손이 아니고, 왈칵 치미는 뜨거운 사랑으로 마음 속 깊숙이 손잡아 주는, 마음 착한 친구가 사무치도록 그리워집니다.

사회가 썩었으면 나만이라도 썩지 말아야 할 것입니다. 내가 일하는 기관, 내가 속해 있는 단체가 혼란스럽고 역겨워도 나만은 기어코 올바르고 단정하게 살아야 하겠습니다.

나는 하나뿐입니다. 그러나 이 하나가 사회를 구성하고 국가를 떠받들고 있는 기둥인 것입니다. 기둥뿌리가 썩으면 아무리 좋은 기왓장을 덮은 집이라도 허물어지는 법입니다.

위대한 지도자를 가졌으되 그 국민들의 마음이 썩어빠진 나라와 사회는 다 망했습니다. 하지만 패륜을 일삼는 폭군 아래서도 정신이 살아 있는 국민들은 망한 일이 없었습니다.

오늘도 우리 주위에서는 많은 것들이 썩어가지만 기어코 나만은 썩지 말아야 하겠습니다. 윗물이 흐린데 어떻게 나만 깨끗할 것이며, 세상이 그러한데 나 혼자 별 수 있나 하는 생각은 자멸(自滅)의

신호입니다.

의롭고 바르게 살아가는 데는 위아래의 구별이 없는 것이라고 생각합니다. 나라는 존재는 하나입니다. 그러나 나 하나라고 적게 보아서는 안 됩니다. 앞서 말했듯이 나는 기둥이기에 이 기둥을 썩히지 말아야 합니다. 나 하나만이라도 썩지 말아야 한다는 것은 소극적인 발상이 아닙니다. 인간의 중량과 가치는 수효에 있는 것이 아니고, 인간다운 참됨에 있는 것입니다. 그러므로 썩어빠진 천명이 살아 있는 의인 한 사람의 무게를 따르지 못하는 것입니다.

당파 싸움과 관직을 얻으려는 뇌물에 눈을 뜨지 못하던 시절, 한 사람 송죽 같은 충무공이 국난을 이겨 냈던 역사를 나는 잊을 수가 없습니다.

만일 이 나라가 썩어 넘어졌다고 단정하다면, 그것은 내가 썩었기 때문이라고 자백해야 합니다. 내가 속해 있는 어느 단체, 어느 기관이 부패되어 넘어졌다면, 그것은 내가 부패하였기 때문이라고 고백해야 합니다.

나 하나를 소홀히 해서는 안 됩니다. 부패에 물들지 말아야 합니다. 나만은 더러워지지 말아야겠습니다.

'밤이 어두웠으니 새벽은 가까이 왔다.'라는 말이 성경에 있습니다. 어쩌면 우리에게는 벌서 새벽이 왔는지도 모르겠습니다. 어둠은 가고, 찬란한 아침이 햇빛과 함께 우리 주변을 밝히고 있는 것인지도 모르겠습니다.

하지만 그런 아침은 다시 밤이 될 수도 있습니다. 밝음은 다시 어둠에 가리워질 수도 있는 것입니다. 아침이 왔다는 기쁨 때문에 이성마저 잃고 만다면, 그것은 너무나 큰 잘못이 아닐 수 없습니다. 한때의 즐거움만을 생각하고 장래를 내다볼 줄 모르는 근시안적 사고를 지닌다면, 우리는 불행을 면치 못할 것입니다.

이와 같은 생각을 자주 하게 되는 까닭이 어디 있는지를 나는 살펴보곤 합니다. 우리가 찬양하던 기쁨의 노래가 슬픈 비가가 될까봐 두려워지는 것입니다. 우리가 기뻐하던 웃음이 울음이 될까 무서워집니다. 물론 이것은 나의 노파심이기를 바라지만, 지금 같아서는 앞날이 우려된다는 것을 고백하지 않을 수 없습니다.

지금은 우리 모두가 조용히 이성적으로 행동해야 할 때, 냉철히 자기를 뒤돌아보아야 할 때입니다. 흥분을 가라앉히고 차분하게 생각해야 할 것입니다. 언제나 이성을 잃은 행동은 불행을 가져오기 때문입니다.

'아는 길도 물어 가라.'는 말이 있듯이 그렇게 앞날을 설계해 보는 것이 어떨까 하는 생각도 해봅니다. 어두웠던 밤은 물러가고 곧 새벽이 밝아올 것 같습니다.

강물은 흘러 흘러 어디로 가나 넓은 세상 보고 싶어 바다로 간다.

나는 어린아이들이 부르는 이 동요를 들을 때마다 너무 좁은 세계에 살고 있는 나 자신을 생각해 봅니다. 너무나 비좁은 나의 마음을 들여다봅니다. 아집과 이기심에 얽매인 인간의 서글픈 모습을 떠올려 봅니다. 조그만 더 우리들의 마음과 또 우리들의 생각의 폭을 넓힌다면 얼마나 우리의 생활이 명랑해질까 하고 생각해 보기도 합니다. 생각이 좁은 탓으로, 마음이 너그럽지 못한 까닭으로 일어나는 비극이 너무나 많기 때문입니다.

나는 넓은 세상이 보고 싶습니다. 넓은 마음의 소유자가 부러워집니다. 하늘처럼 넓은 마음과 바다처럼 깊은 생각으로 인생을 살고 싶어집니다.

마음의 울타리를 헐고 맑은 공기를 마시고 사는 생활이 나는 못 견디게 그립습니다. 내가 마음의 문을 활짝 열어 놓고 사는 날이 오면 하늘도 바다도 우주도 나의 것이 될 것입니다.

언제나 나는 내 자신이 관대해지기를 바랍니다. 너그러워지기를 빕니다. 사랑과 너그러움으로 친구를 대하고, 사회를 대하는 나 자신이기를 무엇보다 바라고 있습니다. 그렇지 못할 때 나는 우울해질 수밖에 없습니다. 그리고 나 자신을 미워하라 수밖에 없습니다.

나는 고요한 침실에서 '넓은 세상 보고 싶어 강물은 흘러 흘러 바다로 간다.'는 강의 물줄기를 눈앞에 그려봅니다. 쉬지 않고 흐르는 강물의 끊임없는 흐름을 느끼며 누워 있습니다. 그 물소리가 들려오는 듯 한 밤입니다. 잔잔하게 그리고 때로는 거세게 흐르는 물소리, 어느 새 내 마음은 물소리에 젖는 듯합니다.

　　　　　　강물은 흘러 흘러 어디로 가나넓은 세상 보
고 싶어 바다로 간다.

　아무리 들어도 싫지 않은 노래입니다. 큰 목소리로 따라 부르고 싶
은 노래입니다. 넓은 세상이 보고 싶어서 나도 바다로 나가야겠습니
다. 물결이 출렁이고 갈매기가 날아다니는, 하늘과 맞닿은 수평선에
흰 돛이 보이는 바다로 나도 가야겠습니다.

　봄은 우리에게
　꽃을 실어 옵니다.
　봄은 우리에게
　꽃향기를 날려 옵니다.
　봄은 우리에게

새 희망을 불어 넣어 줍니다.

양지쪽 언덕에는 봄이

꽃을 마련하기에 분주합니다.

양지쪽 어느 언덕에는

큰 사태가 벌어지고 있습니다.

봄은 온다고 고함도 없이 왔습니다.

봄은 온다는 소식도 없이 왔습니다.

그러나 봄은 산과 들을

초록으로 바꾸어 놓을 것입니다.

생명 있는 나무들은 잠에서 깨어나

향기로운 꽃을 피울 것입니다.

가로수 그늘을 거닐어 봅니다.

아지랑이가 피어오르고 있습니다.

가로수들은 새싹을 틔우려고

표정을 바꾸고 있습니다.

오가는 사람들의 발걸음도

한결 가벼워진 듯합니다.

하지만 사실은 그렇지 않습니다.

내 집 뜨락에는 꽃 한 송이 없는

쓸쓸함 그대로입니다.

봄은 와도 봄이 깃들 곳이,

내 집 뜨락에는 마련되어 있지 않습니다.

봄이 꽃을 피울 꽃나무 한 그루 없는

나의 정원은 너무나 적적합니다.

나의 집 정원에는

꽃들이 조금은 있어야 하겠습니다.

방엔 약간의 책들도 있어야겠고……

집은 작아도 뜰은 넓고

무성한 나무 그늘도 있어야 하겠습니다.

때때로 아내는

새보다도 고운 목소리로 노래를 합니다.

새들의 노래에 맞춰……

맨 처음 나뭇잎 사이로 즐겨 바라보고 있던 새가

아내의 목소리에 반해

돌담 위에 앉았습니다.

이 작은 집, 이 넓은 뜰,

얼마 안 되는 황금,

이 사랑스런 배우,

거기다 몸은 튼튼하고 마음은 편합니다.

나는 윌리엄 데이비스의 이 시를 읽으면서 나의 집과 나의 생활을 생각해 보곤 합니다.

이 작은 집, 얼마 안 되는 월급을 가지고도 즐거운 마음으로 살 수 있는 방법은 없는 것인가를 생각해 보는 것입니다.

나는 가끔, 집 뜰 안에는 꽃이 없으나 마음의 정원에는 꽃들이 조금은 있어야겠고, 집은 작아도 뜰은 넓고 무성한 나무 그늘도 있어야겠다는 생각을 하면서 혼자 미소 짓곤 합니다.

바다를 그리워하는 마음, 어쩌면 이것은 산을 그리워하는 마음과 같은 것인지도 모릅니다. 그러기에 나는 산을 그리워하는 마음으로 바다를 그리워하고 있습니다.

나는 어렸을 적에 바다 가까운 곳에서 살았습니다. 때문에 나는 언제나 바다에 대한 향수를 품고 있습니다.

사랑, 그 달콤함에 대하여

고향이 그립듯이 나는 바다가 그립습니다. 아침저녁 흰 모래사장에 철썩이는 파도 소리가 그립습니다.

청년 시절을 선원으로 보낸 후 시인이 된 존 메이스필드의 〈서반아의 바다〉라는 시를 읽으면서 나는 다시 그리운 바다를 생각합니다.

서반아의 바다.

서반아의 바다는 내 귀 밑에서 물결치고 있습니다.

회색의 잊어버린 세월로부터

가만히 들리는 경쾌한 음악처럼

곡조를 띤 옛이야기를 말하며

므엘드스 모래 기슭의 피로하던

추억을 가져다줍니다.

아아, 거기 한 번이라도 더 가고 싶습니다.

물결치는 파도는 로스 므엘드스에 부서져

그 소리 끊이지 않고

우리가 닻을 내리고

상륙한 것도 거기였습니다.

부러진 나무뿌리 사이에 밀려올라 온 수의(壽衣)인 양

푸른 호수는 잠자코 말이 없습니다.

저녁 해가 빨갛게 기우는 무렵

나는 로스 므엘드스에 닻을 내렸습니다.

난바다로 만 마일 니그로 행의 서쪽에 배를 두고,

밤안개가 암초를 가리기 전

해가 아주 넘어가기에 앞서

얻은 금덩이를 가지고

므엘드스에 상륙했습니다.

  존 메이스필드가 서반아의 바다를 그리워하듯, 나는 나의 고향 바다를 그리워합니다. 웬일인지 오늘따라 고향의 파도 소리가 더욱 그리워집니다. 잔잔한 물결과 함께 울어 대는 갈매기가 보고 싶어집니다. 푸른 수평선에는 흰 구름이 뭉게뭉게 떠오르고, 바다를 오가는 흰 돛단배가 이루 말할 수 없이 나의 마음을 끌어당깁니다.

  오늘도 내 귀 밑에서 물결치는 바다는 나의 먼 옛날을 기억나게 합니다. 가만히 들리는 음악처럼 바다는 나에게 무엇을 속삭이고 있습니다.

그리운 고향의 바다! 나는 눈을 감고 가만히 되뇌어 봅니다.

저 끝없는 바다 위에, 달은 은빛의 비늘을 흩뿌리고 있습니다. 잠시도 가만히 있지 못하는 물결은 제법 점잖게 요동을 계속합니다. 달도 안고, 별도 안은 바다는 하늘처럼 깊습니다. 흰 모래에 부딪치는 저 파도는 어느 선녀의 몸부림인 듯싶습니다. 견우직녀를 속 태우던 저 하늘의 은하수가 바다 속에 잠기었습니다. 눈물이 흘러 바다가 되었어도 시원치 않을 그 슬픔이기에, 오히려 견우와 직녀는 용궁 속에 잠들어 버린 것인지도 모르겠습니다.

산도 언덕도 없이 탁 트인 저 수평선이 한없이 마음에 들어 나는 어려서부터 바다를 좋아했습니다.

바다 위에도 바다 속에도 하늘이 있는, 이 신비로운 바다가 나는 좋았습니다.

바다는 마음입니다. 마음은 바다입니다. 한없이 넓고, 한없이 맑고, 한없이 깊고, 한없이 푸르른 바다는 곧 마음인 것입니다.

무거운 침묵 속에서도 바다는 살아 움직입니다. 저 장중한 움직임을 보십시오. 그리고 저 생동하는 향연의 소리를 들어 보십시오. 바다는 정말 살아 있습니다. 바다 같은 마음, 마음 같은 바다는 살아 움직입니다.

바다가 죽었다고 생각지 마십시오. 마음이 죽었다고 생각지 마십시오. 바다 같은 마음, 그래도 사람의 마음은 아직 죽지 않고 살아 움직이고 있습니다. 바다 같은 한국의 마음이 살아 있습니다. 바다 같은 민족의 마음이 생동하고 있습니다. 바다 같은 청춘의 마음도 살아 요동치고 있습니다.

말없는 저 무거움을 보십시오. 유순해서만도 아닙니다. 무지해서만도 아닙니다. 입에는 말이 있으되 말다운 말을 들려 줄 대상이 없습니다. 말다운 말을 할 수 있는 곳이 없으므로 오직 살아 침묵으로만 항거하고 있는 것입니다.

바다에는 천사가 있습니다. 바다의 천사는 갈매기입니다. 바다의 천사는 바다의 마음을 알아줍니다. 그러므로 갈매기의 울음은 언제나 구슬프기만 합니다. 이제 우리 바다의 마음을 이해하고 갈매기가 우는 저 적막 속에 잠기어 봅시다.

바다 같은 마음, 그 넓고 깊은 마음을 배워 하늘을 안고 싶습니다. 별을 안고 싶습니다. 달을 안고 싶습니다. 그리고 바다의 저 깊은 곳에 귀 기울여 봅시다.

낮이 가면 밤이 오고, 밤이 가면 낮이 오고, 이렇게 해서 세월은 흐르고 있습니다. 겨울이 가면 봄이 오고, 봄이 가면 또 여름이 올 것입니다. 여름이가면 가을, 겨울 이렇게 올 한 해도 저물 것을 생각해 봅니다.

세월이란 정말 빠른 것인가 봅니다. 시간은 아주 짧은 순간도 멈추지 않습니다. 어제의 나는 벌써 오늘의 내가 아니고, 오늘의 나는 내일의 나일 수 없습니다. 눈에 보이지는 않으나, 흘러가는 시간 시간마다 나의 모습이 변해 가고 있는 것입니다.

　　　　근래에 나는 날씨가 추운 탓인지 아침에 출근했다가 저녁에 돌아오는 것밖에는 책 한 페이지를 읽지 못하고 맙니다. 바깥바람이 차갑기 때문에 집에서는 앉아 있는 시간보다 누워 있는 시간이 더 많아졌습니다.

　나는 엎드려서 간신히 신문을 읽다가 잠이 들거나, 그러지 않으면 라디오에 귀를 기울이다가 지나치게 피로하지 않은 시간에 독서를 하는 것이 일과처럼 되고 말았습니다.

　이런 생활이 계속될수록 나는 봄을 생각하게 됩니다. 어느 강변의 잔디밭에 뒹굴면서 독서할 수 있고, 가끔씩 먼 산을 바라보면서 책도 읽을 수 있는 봄의 풀밭을 눈앞에 그려보는 것입니다.

　보내지 않아도 세월은 가고, 기다리지 않아도 봄이 온다는 것은 기쁜 일입니다. 때문에 헛되이 흐르는 세월을 한탄하면서도 나는 봄을 기다리고 있습니다.

이렇게 마음 졸이며 어서 봄이 오기를 애타게 기다리고 있는 것입니다. 봄이 와야 겨울 동안 닫아 두었던 창을 열고, 나는 먼 산과 먼 하늘을 바라볼 수 있을 것이기 때문입니다.

낮이 가고 밤이 옵니다. 하루의 일을 끝내고 나면 편안한 쉼터인 밤이 날개를 폅니다. 이렇게 오늘이 가면 또 내일이 올 것입니다. 올해가 가면 또 다음 해가 살아 있는 사람들에게 대지를 마련해 줄 것입니다.

시간은 일각을 멈추지 않고 흐릅니다. 인생도 그러합니다. 오늘의 나는 벌써 어제의 내가 아닐 것이며, 내일의 나는 오늘의 내가 아닐 것입니다.

내 마음의
창을 열고

오늘 밤, 별과 달과 하늘이 무척이나 아름답습니다.

그것들을 바라보면 잃어버린 옛 꿈을 다시 찾고 싶어집니다.

이제 마음의 창문을 열어야겠습니다.

인간은 태어날 때 아무것도 담겨져 있지 않은 빈 그릇이었습니다. 가지고 있는 것도 없었고, 요구하는 것도 없었습니다. 그리고 인생의 시작은 아무런 그림도, 글씨도 쓰여 있지 않은 백지와도 같았습니다. 그러나 이제는 그 빈 그릇에 무엇을 담고, 그 흰 종이에 무엇을 쓸 것인가가 중요한 일이 되었습니다.

소크라테스는 흙으로 돌아갈 육체의 그릇 속에 진리를 담았기에 그 영혼의 빛이 영원해진 것이며, 네로 같은 폭군은 육욕과 죄악의 뜻만을 그 마음에 간직했기에 오랜 세월 동안 저주받고 버림받는 인간이 되어 버린 것입니다.

모든 인간들은 나면서부터 빈 그릇으로 출발하였던 것입니다. 그러나 살아가면서 무엇으로 삶의 빈 그릇을 채우는가에 따라서 일생은 결정되는 것이며, 사회와 역사가 그 삶의 가치와 의의를 평가하게 되는 것입니다.

내 마음의 창을 열고
●

우리들의 생이 끝난 뒤에 영원한 심판이 있다면, 그것 역시 삶의 그릇 속에 담겨진 일생의 내용에 의하여 결정되는 것이 아니겠습니까. 우리들의 생의 그릇은 하나밖에 없습니다. 거기에는 서로 반대되는 두 가지를 담을 수는 없는 것입니다. 그것은 하나도 되지 못하며 둘이 되지도 못하기 때문입니다.

논리학자들은 둥근 사각형을 생각할 수가 없습니다. 마찬가지로 참다운 삶은 그 마음속에 서로 합칠 수 없는 형식과 내용을 함께 간직할 수가 없는 것입니다. 만약 그 둘을 함께 간직한다면 그것은 깨어지고 갈라져서 마침내는 무의미한 삶이되기 때문입니다. 여기에서 우리는 선택의 필요성을 느끼게 되며 자기 자신의 생을 위한 결단이 필요하게 되는 것입니다.

한 번도 자아의 참된 삶을 위하여 선택도 반성도 결단도 내린 적이 없다면, 그야말로 우리들의 마음의 그릇은 무가치한 것들로 가득 차게 될 것입니다.

그러면 우리는 우리들의 참된 생을 위하여, 우리들의 텅 빈 마음의 그릇을 채우기 위하여 어떻게 할 것이며, 또 무엇을 선택했으면 좋겠는가를 생각해야 할 것입니다.

사람들은 오직 하나인 마음의 빈 그릇 속에 무엇을 간직하려고 하는 것입니까. 세상 사람들의 마음의 그릇은 대부분 황금으로 채워져 있습니다. 부(富)에의 욕망, 황금에 대한 집착으로 가득 차 있습니다. 그렇지 않은 사람들은 세상의 명예와 영광으로 자기 마음을 채우고 있습니다. 그래서 우리는 어디서나 인간들의 마음에서는 참된 이상을 발견하기 어려웠던 것입니다.

지금은 별들도 소리 없이 반짝이는 조용한 밤, 하루의 생활을 마무리하는 엄숙한 시간입니다.

모든 세상이 잠들기 전, 나는 은하수 물결의 자장가를 들으며 오늘 하루의 내 생활을 고요한 마음, 구김 없는 마음으로 되돌아봅니다.

웃음과 눈물이 있었습니다. 사랑과 미움도 있었습니다. 그런데도 지나가 버린 시간이 언제나 아름답게 생각되고, 아쉬워지는 것은 왜일까요. 아마도 과거라는 이름에는 슬픔이 존재하지 않는 가 봅니다.

'우리는 같은 물에 두 번 들어가라 수 없다.' 이것은 고대 그리스의 철학자 헤라클레이토스의 말입니다. 모든 것은 변하고 흘러가 버립니다. 시냇물엔 언제나 새 물이 흐르듯 낡은 것은 지나가고 새 것이 옵니다.

'이웃을 네 몸처럼 사랑하라.'던 예수의 사랑도, '나의 애인은 인류다.'라고 우주애를 말하던 소크라테스도, '동족이면 한없이 용서할 수 있다.'고 얘기하던 백범의 동족에 대한 사랑도 못 다 이룬 슬픔을 안은 채 이 길을 갔습니다.

깊은 밤 귀뚜라미 울음소리는 가을이 왔다는 자연의 소리입니다. 그 때는 여기저기 흩어진 쓸쓸한 낙엽이 발아래에서 속삭입니다. 또한 산 밑에 그늘이 지고 황혼이 저녁을 알리면 어둠이 태양을 감추어 버립니다. 우리의 인생에도 황혼이 깃들고 어둠이 내려앉을 때가 있습니다. 머지않아 그것은 아무도 모르게 옵니다.

우리는 모두가 흙으로부터 나와 흙과 함께 살다가 흙으로 돌아가야 하는 애처로운 목숨들입니다. 그런데도 우리는 영원히 살 것처럼 생각하고 행동하며 살아가고 있는 것 같습니다.

지금 우리는 잘못이 있어도 뉘우칠 줄 모르고, 사랑이 없어도 슬픔을 모르며, 양심을 잃어버리고도 다시 찾을 줄을 모릅니다.

사실, 세상을 바르게 살아간다는 것이 그렇게 쉬운 일만은 아니지만, 어려우면 어려울수록 그리고 힘이 들면 힘이 들수록 더 애써 구해야 하는 것이 올바른 삶의 자세입니다.

뉘우치는 생활, 사랑하는 생활, 빛이 있는 생활. 거기엔 웃음이 있고, 만족이 있고, 그리고 끝없는 행복이 따릅니다.

지금은 못 견디게 괴로웠던 하루의 피곤을 잊어버릴 시간, 명상의 시간입니다.

당신의 하루에는 부끄러움이 없었습니까. 친구에게 실망을 준 일은 없었습니까. 우리가 앞서 간 숱한 사람들을 미워하듯이 뒤따

내 마음의 창을 열고

라오는 많은 사람들에게 불행을 주어 미움을 사는 잘못은 없었습니까.

연못에 고인 물에선 악취가 나더라도 그 곳에서 피는 연꽃은 깨끗하고 향기가 있습니다. 세상이 썩고, 사회가 혼란해지고, 내일 당장 죽음의 순간을 맞이하더라도 우리는 깨끗하고 아름답게 살아가야 하겠습니다. 그리고 참된 인생의 길을 걸어야 하겠습니다. 우리가 죽어 땅에 묻히는 그 시간까지 부끄러움이 없는 삶이 되도록 바른 길을 선택하여 깨끗한 인생의 길을 가야 하겠습니다.

인간은 누구나 제 힘껏 살아가고 있습니다. 물론 그러해야 할 것입니다.

인생의 끝에 다다랐을 때 내가 무엇을 이루었느냐 하는 것보다도, 과연 내가 최선을 다해서 살았느냐 하는 것이 더욱 큰 문제이기 때문입니다.

비록 내가 세상에서 실패한 인간이었다고 할지라도 최선을 다했다고 자신 있게 말할 수 있을 때, 그의 영혼 속에는 영원히 반짝이는 별 하나 자리할 수 있을 것입니다.

나에겐 봄이 오면 창밖을 내다보는 버릇이 있습니다. 새로운 희망과 기쁨이 찾아올 것만 같은 생각에서 나는 창을 열고 밖을 내다봅니다. 그 희망이 화려한 봄빛을 타고 내려와 가슴에 안길 듯 한 생각에 나의 가슴은 두근거립니다.

막연한 기다림인지는 모르나 나는 무엇보다 먼저 봄을 기다립니다. 꽃과 나비, 따스한 햇볕의 부드러운 손길, 그 모든 것이 나의 마음에 가득 차서 넘치게 되는 것입니다.

　봄이 되면 나는 숲에서 지저귀는 새소리에 귀를 기울이며, 녹색의 골짜기마다 흘러내리는 맑은 물소리에 가슴을 적시며, 내가 기다렸던 봄이 비록 나의 현실에 내가 만족할 만한 해답이나 해결을 가져오지 못할지라도, 그 밝은 햇빛 아래 우울한 생각들을 떨쳐 버리고 나는 봄의 아름다움에 만족할 것입니다.

　　　　　어떤 사람은 눈을 들어 산을 보라고 했습니
다. 괴로운 사람들은 눈을 들어 산을 보라고, 외롭고 쓸쓸한 사람도
눈을 들어 산을 보라고 그는 말하고 있습니다.
　나는 가슴이 답답할 때마다 고개를 들어 하늘을 바라보기도 합니
다. 고독해지면 나의 마음은 더욱 하늘과 산과 들을 향해서 열려집
니다.

　햇볕은 따스하고
　하늘은 개어 맑은데
　파도는 눈부시게 반짝이며 춤을 춥니다.
　푸른 섬, 눈 덮인 산
　한낮은 짙은 푸르름에 녹고

이슬진 대지의 가는 숨결은

아직 움트지 않은 풀싹을 휘감습니다.

기쁨을 노래하는 많은 소리같이

바람 소리, 새소리, 파도 소리.

이것은 실러의 〈노래〉라는 시의 첫 부분입니다. 눈 내리는 겨울이 지나가고 봄이 오면 대지는 따스해지고 하늘은 맑게 개일 것입니다. 기쁨을 노래하는 많은 소리들이 들려올 것입니다.

나는 그 때 내 마음의 창문을 열고 먼 산과 먼 하늘을 바라볼 것입니다.

백두산에서 떨어지는 물줄기는 지극히 적은 몇 센티미터밖에 안 되는 사이를 두고 동과 서로 갈라집니다. 그러나 그 물줄기는 마침내 흐르고 흘러서 동해와 서해로 나뉘어 제각기 흘러갑니다.

우리들의 생활도 때로는 아주 작은 일에서 갈라지고 있습니다. 그 것에는 다만 선과 악의 작은 차이가 있을 뿐입니다.

한 책상에서 함께 배우던 두 사람이, 하나는 인류의 공인이 되는 반면, 또 하나는 자기 자신의 힘으로 생활하지 못하고 남의 힘을 빌거나 또는 사회에 의지하여 살아가는 사람이 되는 경우를 우리는 종종 보게 됩니다. 즉, 한 사람은 계속적인 노력으로 뛰어난 지덕을 겸비한 사람이 되고, 또 한 사람은 지나친 나태함으로 사회에 아무런 도움도 되지 못하는 쓸모없는 사람이 되는 것입니다. 우리는 이러한 인생의 갈림길에 대해서, 그리고 좋은 인생길로 접어들 수 있는 방법에 대해서 생각해 보지 않을 수 없습니다.

그것은 내 마음과 생활이 선을 택하는가 악을 택하는가에서 시작됩니다. 선을 택하여 동쪽을 향하고 악을 택하여 서쪽을 향한다면, 비록 같은 곳에서 출발한다고 하지만 인생의 방향과 목적은 완전히 달라지게 되는 것입니다.

그러므로 우리들은 무엇보다도 먼저 나의 생활 속에서 오늘 선을 찾았는가 아니면 악을 찾았는가 뒤돌아보아야겠습니다.

우리의 인생을 구별 짓는 것은 근면과 게으름이라고 생각합니다. 비록 서로가 똑같이 어떤 목적을 세우고 인생길을 떠났다 할지라도 근면과 나태에 의하여 결국은 앞뒤의 차이가 생기게 됩니다. 처음에는 적은 차이가 있을 뿐이지만, 그 적은 차이가 합치고 합쳐져서 마침내 뒤따를 수 없는 거리를 만들고 마는 것입니다.

먼저 우리는 방향을 선택하고 그 다음에는 부지런함이라고 하는 아름다운 덕행을 우리 것으로 만듭시다. '선한 일에 부지런 하라.'이것은 변할 수 없는 진리이며, 우리들의 생활 지표가 되어야 하겠습니다.

달빛 은은한 밤, 나는 눈부신 별들을 바라보며 숲길을 거닐고 있습니다. 조용한 달빛에 마음이 자꾸 벅차오는 듯 한 흐뭇하고 즐거운 밤입니다. 때 묻은 영혼을 깨끗이 씻어 주는 것 같습니다.

나는 밤의 아름다움에 새삼스레 놀라며, 낮에 비해서 밤은 그 얼마나 찬란한 것인가 하고 생각합니다. 만나는 사람도 없이 거니는 밤길에서 나는 아름다운 꿈을 지녀 보는 것입니다.

인간이란 누구나 허기진 외로움과 설움, 그리고 남모르는 그리움을 지니고 사는 것 같습니다. 그러므로 우리는 언제나 배고픈 존재입니다.

진리에 굶주리고, 사랑이 메마른 우리의 영혼은 갈증에 허덕이고 있는 것이 사실입니다. 많은 사람들이 집을 잃고 헤매며, 또 젊은이

들은 사랑을 찾아서 거리를 방황하는 것이 우리의 현실임을 부인할 수 없습니다. 나는 이러한 생각을 하면서 밤길을 거닐고 있습니다.

언제나 보는 달이요, 언제나 보는 별과 하늘이건만 오늘 밤의 별과 달과 하늘은 유난히 아름다워 보입니다. 나는 그 하늘과 별과 달을 바라보면서 잃어버린 옛 꿈을 다시 찾았습니다. 저렇게 둥글고, 저렇게 아득한 달빛처럼 나의 이지러진 마음속에 떠오르는 이상적인 달빛을 바라보고 있습니다. 기쁨과 아름다움 속에 되돌아오는 나의 꿈, 그것은 희망과 용기에 찬 아름다운 빛이 아닐 수 없습니다.

진정한 삶의 의미를 찾기 위해서 나는 새로운 꿈을 마련해야 했던 것입니다. 한 사람의 과거가 완전히 사라져 없어질 수 없듯이 나는 나의 꿈이 사라지지 않을 것을 믿으며, 숲길을 홀로 거닐고 있습니다.

오늘은 웬일인지 밤이 늦도록 잠이 오지 않습니다. 머리맡 유리창으로 달빛이 쏟아집니다. 이 서글픈 세상에 그래도 아름다운 꿈을 잃지 않는 사람들을 생각해 봅니다. 언제나 아름답고 깨끗한 꿈을 버리지 않는 많지 않은 사람들을 기억합니다. 지나간 날의 즐거웠고 또 행복했던 추억을 더듬어 앞날의 새로운 꿈을 꾸어 봅니다.

나는 지나간 한 해 동안 내 생의 고달픔으로
인하여 주변에 있는 많은 사람들에게 얼마나 많은 괴로움과 아픔을
주었는지 잘 알 수 없습니다.

　사랑해야 할 사람에게는 미움을 가졌었고, 아끼고 보호해야 할 사
람에게는 멸시와 무관심으로 일관했고, 공경해야 할 어른들께는 무
례하게 구는 등 실로 부끄러운 일 년이었습니다. 그러나 새해에는
내 주변에 있는 사람들을 사랑하기 위해 노력할 것입니다. 온 집안
식구들과 친척, 그리고 이웃에게 마음 흡족하게 사랑을 쏟아 보렵
니다. 내가 존경하는 어른들을 공경하며 살아 보렵니다.

　돈이 없다고 해서 사랑하지 못할 까닭은 없습니다. 더욱이 시간이
없어서 사랑하지 못할 이유는 없습니다. 가난하고 바쁘다고 하여
인생의 가장 큰 의무요, 사명인 사랑을 실천하지 못한다는 것은 부

끄러운 일입니다.

오히려 외롭고 어려울 때 인간의 애정은 가장 순수하게 표현되고 사랑의 참맛이 드러나는 것입니다. 호의호식하는 생활 속에는 질투와 반목이 있을지라도 초가삼간에 사는 사람에겐 오히려 인간애와 뜨거운 사랑이 얽혀 있는 것입니다. 내 자신의 괴로움 때문에 이웃을 사랑하지 못하였다는 것은 한낱 핑계에 지나지 않습니다.

언젠가는 이 세상 모든 것이 아침 안개같이 헛되이 사라질 것이지만, 사람과 사람 사이의 뜨거운 정은 영원할 것입니다.

아무리 일이 바빠도 먼저 사랑은 하고 살아야 하며, 비록 가난할지라도 넉넉한 마음을 잃지 말고 나보다 못한 이웃을 위해 따뜻한 사랑을 나누며 살아야겠습니다.

나는 이 한 해를 오직 사랑하는 삶으로 채워보려고 합니다.

깊은 밤, 울고 싶도록 추억이 그리워지는 마음이 있습니다. 나는 수줍은 소녀의 마음이 되어 무릎 위에 머리를 묻고, 그리움과 의혹과 독백 속에서 내일을 그려 보곤 합니다.

오늘처럼 미워질 또 하나의 하루, 그렇지만 이 밤이 지나가면 받아들일 수밖에 없는 내일. 서글프기만 한 우리의 현실 때문에 이 밤 나의 마음은 쓸쓸함에 빠져 웁니다.

나는 어떤 세계에 존재하고, 왜 이 곳에 있는지, 그리고 그 세계란 것은 도대체 무엇인지, 또 나를 이 세계에 보낸 사람은 누구이며, 그는 어디 있는지를 막연하게나마 생각해 보기도 합니다.

"나는 무슨 이유로 사람들이 현실이라고 부르는 것과 관계해야만 하는 피할 수 없는 운명에 처해 있단 말인가."

시대에 절망한 나머지 자신의 고독하고 괴로운 마음의 상태를 토

사랑, 그 달콤함에 대하여

로한 키에르케고르의 말처럼, 현실은 너무 힘에 겨워 감당하기가 어렵습니다.

그렇지만 모든 것이 어쩔 수 없는 삶의 일부분이며, 정녕 버릴 수 없는 생명이기에 더는 깊이 생각하고 싶지도 않습니다.

네가 살면 내가 죽고, 내가 살면 네가 죽는다는 숨 가쁜 현실 속에서 어떻게 살아가야 할 것인가가 오늘 우리에게 주어진 삶의 문제인 것 같습니다.

"사느냐, 죽느냐. 이것이 문제로다."

당장이라도 자신을 삼켜 버릴 듯 한 물결을 내려다보면서 바위를 붙들고 고민하는 햄릿의 괴로움을 우리에게 던져 주고 있는 이 현실을 어떻게 받아들여야 한단 말입니까. 살고 싶다고 외치는 저 세기말적인 삶의 넋두리가 오늘도 우리의 마음을 울리고 있습니다.

여기 이 세상과 맞서다 차마 견딜 수 없어 쓰러진 한 생명이 있습니다. 여기 웃음을 팔며 내일을 사는 낙엽 같은 서러움이 있습니다. 하지만 모두가 어쩔 수 없는 인간 조건들입니다.

이 밤, 우리에겐 이처럼 현실의 부조리가 무겁게 느껴지는 마음이 있습니다. 그렇지만 깊고 고요한 이 밤은 우리에게 어둡고 슬픈 마음만 주는 것은 아닙니다. 웃음과 눈물이 모두 말라 버린 현대인의 감정을 다시 불러 일으켜 주고, 꿈을 잃어버린 텅 빈 마음의 공허함을 메워 주기도 하는 고마운 시간이기도 합니다.

내일이 결코 오늘의 연장이 될 수 없는 것처럼 오늘의 눈물, 오늘의 미움을 결코 밝아오는 내일까지 이어갈 수는 없는 것입니다. 슬펐건 즐거웠건 간에 이미 지나가 버린 옛 일을 다시 생각한다는 것은 정말 견디기 어려운 괴로움의 하나인 것입니다. '과거는 과거로 묻어 버려라. 그것이 내일에의 희망인 것이다.' 이런 말을 들려주는 것 또한 밤이 주는 마음인 것 같습니다.

오늘이 불행했다고 내일마저 불행으로 꾸며져야 할 이유는 없습니다. 세상은 우리가 생각하는 것처럼 그렇게 나쁘게만 볼 것은 아닙니다. 슬픈 사람에겐 슬프게 보이고, 즐거운 사람에겐 즐겁게 보이는 것이 세상이라는 사실을 알아야 합니다.

이미 생명을 가지고 세상에 태어났다면 우리는 이 생활에 충실해야 합니다. 과거의 슬픔을 붙들고 있으면 내일의 행복을 꾸밀 수 없습니다. 다가오는 내일을 위해서 깨끗이 과거의 어두움을 잊어버리고 지금의 인생에 충실해야 하겠습니다.

우리는 육체적으로나 정신적으로나 최선을 다하는 노력만이 인생의 가장 좋은 친구라는 진리를 잊지 말아야 하겠습니다. 내일의 멋진 꿈을 위해, 과거는 과거로 묻어 버리고 현재의 인생을 충실히 사는 것, 그것이야말로 우리의 최고의 보람인 것입니다.

병상에서 신음하는 나의 친구들을 생각해 봅니다. 화재로 하루아침에 재산을 잃고, 보금자리를 잃은 나의 이웃들을 생각해 봅니다. 내가 병들었을 때 나를 돌봐 주고 위로해 준 이들을 나의 기억에서 더듬어 봅니다.

지금은 생각할 시간입니다. 나 자신에 대해 생각해 보아야 할 시간입니다.

허위의 가면을 쓴 내가 아닌 진실 된 나의 참모습, 지금 나에게는 그것을 추구해야 할 시간이 고요히 찾아든 것 같습니다.

오늘 하루도 분주했습니다. 꼭 해야 할 일, 반드시 하지 않으면 안될 일을 위해서 나와 당신은 오늘도 분주히 돌아다니고, 열심히 일했을지도 모르겠습니다. 이제 나는 그것을 다시 한 번 곰곰이 생각해 보아야겠습니다.

나는 오늘 하루도 너무나 많은 잘못을 저질러 놓은 것 같습니다. 많은 잘못을 은폐하고 남에게 변명하기에 급급했던 것 같습니다. 우리에게는 의식적으로 범한 잘못보다는 무의식적으로 행한 잘못이 더 많지 않을까요? 내가 남에게 하노라고 한 것이 오히려 남에게 피해가 된 적은 없었을까요? 내가 가장 진실되다고 생각할 때 오히려 나의 거짓을 발견한 경우는 없지 않았나요?

지금은 생각하는 시간입니다. 내가 남을 생각하는 것이 아니고, 내가 나 자신을 적나라하게 들여다보아야 할 고요한 시간입니다.

진정한 사랑은
자유로운 사랑

사랑은 어느 순간에도 감미로운 삶의 신비입니다.

사랑은 기적과 같은 것입니다. 삶의 온갖 형상을 새롭게

변모시키는 사랑은 알 수 없는 오묘함입니다.

사랑은 소중하고 감미로운 삶의 신비입니다.

우리의 삶은 우리의 이웃과 더불어 사랑을 나눔으로써 한껏 펼쳐집니다. 그러므로 우리는 서로 이해해야 하며, 마음속에 남아 있는 의혹이 서로의 애정 속에서 쉴 자리를 찾을 수 있도록 도와주어야 합니다.

오늘 우리가 나와 같은 길을 가는 벗들에게 보낸 따뜻한 미소나 편지나 안부 전화는 우리 앞에 놓여 있는 수많은 시간들을 통해 때때로 우리들의 비틀거리는 발걸음을 바로잡아 줄 것입니다. 우리가 다른 사람들의 기쁨이나 괴로움에 마음을 써 주고, 함께 나누려고 할 때마다 우리들 각자의 행복은 더욱 커지게 됩니다. 그리고 우리가 그들에게 아낌없는 사랑을 베풀 때, 우리 또한 사랑받고 있음을 가슴속 깊이 느끼게 될 것입니다.

자기 자신이 행복해지기를 바라는 것은 지극히 정상적이며 자연스러운 일입니다. 현재와 미래의 직업이나 친구와의 관계, 소망하는 것을 이루기 위한 우리들의 계획과 선택, 그리고 꿈들은 거의 대부분 우리 자신의 행복을 추구하기 위해 세워지고 결정되어 왔습니다.

행복해지기를 바라는 것은 결코 잘못된 일이 아닙니다. 그렇지만 이기적인 목적을 가지고 자신만을 위해 다른 사람들을 이용한다거나 그들을 불행하게 만들면서까지 자신의 행복을 구한다면, 마침내는 매우 비참한 종말을 맞이하게 됩니다. 우리가 우리를 전혀 생각하지 않고 누군가 다른 사람의 행복을 위해 절실하게 기도할 때, 뜻밖에도 가장 큰 행복이 우리에게 찾아오는 것입니다.

우리는 서로에게 좀 더 많은 사랑의 표현을 요구합니다. 그러면서도 우리는, 우리들 스스로가 먼저 소중한 사람들에게 사랑의 표현을 함으로써 우리가 그토록 느끼고 싶어 하는 사랑을 느낄 수 있다는 것은 모르고 있습니다.

그리고 사랑은 낯선 사람이 낯선 사람에게, 친구가 친구에게, 연인이 연인에게, 부모가 자식에게 자주 표현할수록 더욱더 커지는 것입니다. 또한 그로 인해 모든 사람들이 사랑의 혜택을 받게 됩니다.

사랑을 이루기 위하여 노력하는 동안에 우리는 상대방을 소유하고 싶은 욕망을 느낄 수도 있겠지만, 그의 영혼까지 소유할 수는 없습니다. 그러므로 설사 홀로 남겨진다는 두려움을 느끼더라도 상대방이 자신을 찾아 떠나는 여행길을 막지 말아야 합니다. 만약 우리가 그 누군가를 부끄러운 마음이나 죄스러운 마음, 불쌍하게 여기는 마음으로 우리 자신에게 묶어 놓는다면, 우리가 간절히 바라는 행복은 결코 발견할 수 없을 것입니다.

진실한 사랑으로 이어지는 단 하나의 길은 오직 자유로운 사랑에 있는 것입니다. 덫에 걸린 나비가 자신의 빛을 잃어버리고 마침내는 생명까지도 잃게 되는 것처럼 사랑하는 사람에게 묶여 있는 사람 또한 묵묵히 사랑의 종말을 기다리게 됩니다. 각자 다른 길을 가더라도 같은 길을 가는 것처럼 느끼는 것은 서로의 관계를 더욱 생기 있게 만들어 줍니다. 우리는 새롭게 생각해 낸 의견과 바람직한 희망들, 그리고 보람 있는 경험들을 함께 나눌 때 서로의 관계가 훨씬 부드러워진다는 사실을 가슴속 깊이 새겨 두어야 할 것입니다.

친구란 당신이 편안하게 마주할 수 있는 사람입니다. 그의 앞에서 당신은 당신의 영혼을 전부 드러내 보일 수 있고, 그 또한 당신의 솔직한 모습을 보기 원하며 당신 본래의 모습에서 더 나아지거나 더 못해지기를 원하지 않습니다.

친구와 함께 있으면, 당신이 진실한 이상 당신의 모든 생각을 말할 수 있습니다. 그는 다른 사람들이 당신을 오해하게 만드는 당신 본성이 지닌 모순을 이해합니다. 그와 함께 있으면, 당신은 형식에 얽매이지 않고 자유로울 수 있습니다. 당신은 당신의 마음 속 어느 한 부분을 차지하고 있는 허영과 질투, 증오와 비열함과 어리석음 등을 보임으로써 그의 진실하고 순결한 대양 속으로 용해될 수 있습니다.

그는 당신을 이해하고 있습니다. 당신은 그의 앞에서 조심스럽게 행동할 필요가 있습니다. 무엇보다도 당신은 아무런 말없이 침묵 속에서도 어색해 하지 않고 그와 함께 있을 수 있습니다.

그는 당신을 좋아합니다. 그는 마치 모든 것을 불살라 버리는 불꽃과 같습니다. 당신은 그의 앞에서 마음껏 울 수도 있고, 함께 노래하고 웃고 기도할 수 있습니다. 그는 당신의 외면과 내면 모두를 사랑합니다.

친구란 당신이 자연스럽게 대할 수 있는 그런 사람입니다.

우리에게 있어 매우 소중한 누군가가 우리를 사랑한다는 것을 생각할 때, 우리는 모르는 사람들 사이에서도 외롭거나 낯선 느낌을 받지 않습니다. 그리고 우리가 진심으로 좋아하는 사람들과 함께 있을 대에는 새로운 모험이나 처음으로 하는 비행기 여행, 새 학기의 첫날 또는 새롭게 만나는 상사조차도 우리의 마음을 불안하게 만들지 않습니다.

이렇듯 사랑은 의혹에 찬 마음과 떨리는 가슴을 진정시켜 줍니다.

인생의 긴 여정이란, 둘이서 가든 혼자서 가든 적어도 반 이상은 오르막길이라는 것을 우리는 반드시 알아 두어야 할 것입니다. 우리는 또, 부족함이나 흠이 없는 확실한 발전을 하기 위해서는 그 인생길에 어느 정도 험한 길이 있어야 한다는 것도 알아 두어야 합니다.

사랑을 위한 노력은 반드시 가치 있다는 것. 그리고 사랑을 위한 노력이 참아 내기가 어려울 만큼 괴롭고 아무런 희망 없이 암담하더라도, 그럴수록 우리는 더욱더 사랑해야 한다는 것을 믿어야 합니다.

진정한 사랑은 자유로운 사랑
●

당신을 알기 전에는 당신이 어떤 모습을 하고 있어야 하고, 어떤 것에 관심을 갖고 있으며, 어떻게 행동하고 말해야 하는지 미리 생각해 둔 바 있었고, 당신의 편에 서서 나 자신을 바라보기도 했습니다. 그리하여 내가 만든 당신과 나는 멋진 외모와 근사한 취미를 가진 훌륭한 한 쌍의 남녀였습니다.

하지만 당신과 알게 된 지금 모든 것이 달라졌습니다. 그러나 당신이 내 생각에 부합되지 않음을 깨닫고 실망을 하면서도 여전히 당신을 사랑하고 있는 내 자신이 놀랍게 여겨질 때도 있습니다.

이 얼마나 이상한 일입니까? 내가 나 자신에게 당신에 관해 설득을 하고 있으니 말입니다. 당신이 사랑할 만한 사람이라는 것을 나 스스로 확인이나 하려는 듯 당신의 긍정적인 면을 하나하나 열거하고 있으니 말입니다.

때로는 이런 생각도 해 봅니다. 내가 당신을 변모시키려고 할 경우, 당신은 더 이상 당신 자신이 아닌 생기 없는 초상화로 변해 버려 내게 아무런 행복감을 주지 못할 것이라고, 내가 온갖 잔상(殘像)을 완전히 떨쳐 버리고 당신을 새로운 눈으로 바라보게 될 날이 분명 찾아올 것입니다. 그때가 되면 당신의 진정한 아름다움을 발견할 수 있을 것입니다. 내 곁에서 숨 쉬고 있는 당신이 어떤 영상이나 초상화보다도 한층 아름답다는 사실을 나는 깨닫게 될 것입니다.

　　　당신은 내가 마음을 기대 이상으로 빨리, 그리고 기대 이상으로 활짝 열어 주기를 바라고 계십니까? 그러나 내 능력으로는 불가능한 일입니다. 더딘 성장의 법칙을 무시하고 중요한 단계 몇 개쯤은 뛰어넘을 수 있겠지만, 영원히 존속하고 참된 깊이에까지 이르려면 그 어떤 것이든지 유기적(有機的)으로 서서히 성장해야 하는 법입니다.

　어떤 사람이 작은 나무 한 그루를 심었습니다. 그런데 나무가 빨리 자라지 않자 빨리 자라게 하려고 나무에다 도르래를 설치했습니다. 그가 도르래에 힘을 가하는 순간 이제 막 흙 속에 자리를 잡고 나무에 영양분을 공급하던 뿌리가 뽑혀 올라와 나무는 그만 시들어 죽고 말았습니다.

　우리는 사랑이 견고해지려면 나무처럼 서서히 성장해야 한다는

진정한 사랑은 자유로운 사랑
●
175

것을 알아야 합니다.

사랑을 나누어 줄 대상 — 어린이든 다정한 벗이든 연인이든 집에서 키우는 동물이든 — 이 있을 때, 우리는 날마다 친밀감을 느끼고 애정을 나누며 자신의 가치를 확인할 시간을 얻게 됩니다. 그러나 사랑을 나누어 줄 대상이 있다는 것이 우리가 필요로 하는 행복의 전부는 아닙니다. 우리에게는 반드시 미래를 향한 꿈과 그것에 걸맞은 목표가 있어야 합니다.

그러나 만일 우리가 꿈꾸는 모든 것들이 다 갖추어진다면, 우리의 꿈은 그 광채를 잃을 것입니다. 더욱이 우리가 이루어 놓은 일들이 헛된 것으로 여겨질 때, 우리는 우리가 창조해 낸 것들에서 기쁨을 느끼지 못할 것입니다.

어떤 사람이 사랑을 받으려 하지 않고 주려고만 한다면, 그 사람은 사랑스러운 존재가 되며 마침내는 사랑을 받게 될 것입니다.

자신에 대한 깊은 관심과 집중은 자아를 소외시키고 오히려 더 깊고 고통스러운 고독을 가져올 뿐이라는 것은 우리의 생활 속에서 변하지 않는 법칙으로 작용합니다. 자기애가 계속될수록 우리는 더욱 고통스러운 심연 속으로 빠져들게 되며, 받기만 하는 사랑을 통하여 고독을 떨쳐버리려고 하면 할수록 그 고독은 더욱더 깊어지는 것입니다.

우리의 지나친 이기주의로 이루어진 이 나쁜 습관을 깨뜨리는 단 하나의 방법은 더 이상 자아에 관심을 두지 말고, 남에 대해 관심을 가지기 시작하는 일입니다. 정신의 중심을 자아로부터 다른 사람에

게로 옮기는 데는 일생을 통한 노력과 헌신이 필요합니다. 또 남을
자기 자신보다 먼저 생각해야 하기 때문에 더욱 어려운 것입니다.
우리는 우리 자신의 욕구충족만을 생각하지 말고 다른 사람을 배려
하여 행동하는 법을 배우도록 해야 합니다.

사랑에 대하여 이미 많은 얘기가 있어 왔고 지금도 하고 있지만, 진실한 사랑이란 자기의 이익을 생각하지 않고 자신을 잊는 것, 즉 자기를 헌신하는 것입니다. 사랑이라는 말의 뜻도 잘 알지 못하면서 아무 생각 없이 이 말을 쓰거나, 또 남을 조금도 사랑할 줄 모르면서 사랑이란 말이 의미하는 바를 역설하는 사람을 시험해 볼 수 있는 가장 좋은 질문이 있습니다.

그것은 '당신은 진정으로 당신 자신을 잊어버리고 타인에게 헌신할 수가 있는가?'라는 것입니다.

때때로 우리는 자기의 욕구를 충족시키면 그것을 사랑이라고 말하기도 하며, 또 한편 진정으로 사랑하지 않으면서도 다른 누군가를 위해 무엇인가를 해 주기도 합니다. 진정한 사랑인가, 아닌가를 알아내는 시금석은 언제나 우리가 얼마나 우리의 이익을 돌보지 않고 자기 자신을 잊을 수 있느냐 하는 것입니다.

　우리가 반드시 해야 할 일이 있다면, 그것은 사랑을 베푸는 일입니다.

　우리가 우리 자신이 아닌 다른 사람들을 사랑할 때, 우리는 외부로부터 오는 것이 아닌 우리의 내부로부터 솟아나는 위대한 사랑을 느낄 수 있습니다.

　　　　　　나는 사랑이 무엇인지 잘 알고 있는 것처럼 말하지만 실은 잘 모르고 있습니다. 진정 사랑이 무엇인지 알고 싶습니다. 깊은 신비 속에 숨은 무한한 사랑의 위대함을 알고 싶습니다.

　고통 없는 즐거운 사랑을 생각하는 나에게 어려움을 인내할 수 있는 그런 사랑이 다가옵니다.

　사랑에는 지나치게 이기적인 요구와 자기 연민을 뿌리째 뽑아 버리는 태도가 필요하다고 합니다. 이러한 사랑의 필요조건을 알고 싶습니다. 실속 없는 표면적인 사랑에 머물러 있고 싶을 때 자신을 송두리째 휘어잡는 사랑이 필요하다는 것을 알고 싶습니다.

　사랑은 온 인류를 품어 안을 만큼 넓고, 언제까지나 간직할 수 있는 영속성(永續性)이 있어야 합니다. 그리고 사랑은 가슴 설레일 만

사랑, 그 달콤함에 대하여

큼 높고, 전 존재를 내걸 수 있을 만큼 깊어야 한다고들 합니다. 사랑이 지닌 이러한 폭넓음과 깊이를 알고 싶습니다.

고통 없는 사랑을 바라는 나는, 사랑이 무한한 완전성에서 분출되는 것이며, 때로는 영웅적인 것까지도 요구한다는 그 의미를 알고 싶습니다. 내가 생각하는 것을 훨씬 뛰어넘는 큰 사랑이 있음을 알고 싶습니다. 길섶 달콤한 사랑에 멈추고 싶어질 때, 참사랑의 길은 앞으로 끊임없이 나아가야만 하는 것임을 깨닫고 싶습니다.

의타심이 많은 사람은 때때로 불리한 조건을 받아들이게 됩니다. 여린 감성의 소유자는 때때로 마음에 상처를 받게 됩니다. 교육을 많이 받고 많은 정보를 접한 사람은 때때로 환상을 갖습니다. 자신이 정말 누구인지를 아는 사람은 때때로 표면에 잘 나타나지 않습니다. 모든 것을 깨달은 듯 행동하는 사람은 때때로 아무것도 깨닫지 못합니다.

사랑하기 위하여 마음을 활짝 여는 사람은 자신의 정서와 감정을 통해 완전히 마음을 보여 줍니다.

사랑하기 위한 준비가 되었는지, 혹은 사랑하고 있다고 여겨지는 사람이 있다면 진정 사랑하고 있는지 당신은 한 번쯤 생각해 보아야 할 것입니다.

사랑은 어느 순간에도 감미로운 삶의 신비입니다. 사랑은 기적 같은 것입니다. 언제까지나 그러할 것입니다. 삶의 온갖 형상을 새롭게 변모시키는 사랑은 알 수 없는 오묘함을 지니고 있습니다. 사랑은 나를 희생해 이해와 자애를 베풀게 합니다.

사랑의 빛이 있는 이 세상은 모든 것이 아름답고 찬란합니다. 사랑은 소중하고도 감미로운 삶의 신비입니다.

우리의 자존심은 우리가 그것에 많은 주의를 기울일수록 다치기 쉬워집니다. 그리고 또 틀림없이 우리는 자존심에 주의를 기울이는 것이 자존심을 지키는 일이라고 잘못 생각함으로써, 자존심을 해치게 될 것입니다. 그러므로 우리의 자존심을 건전하게 지켜 나가기 위해서는, 내가 아닌 상대방의 자존심을 지켜 주기 위해 남을 사랑하고 격려해 주는 편이 훨씬 낫습니다.

우리가 우리 자신을 벗어나게 될수록 우리들 각자가 느끼는 평화와 안정감은 더욱더 커질 것입니다.

한때는 세상의 좋은 것들 모두가 한편의 꿈에 지나지 않았습니다. 이 세상의 모든 위대한 인물들은 위대한 꿈을 꾸었습니다. 당신이라고 그런 꿈을 꾸지 말라는 법이 있습니까? 꿈이란 결코 비현실적인 것이 아닙니다. 꿈은 미래의 설계도입니다. 꿈이 없이는 아무것도 일어나지 않습니다.

그러나 꿈을 꾸기만 해서는 안 됩니다. 정신을 똑바로 차리고 당신이 그 꿈을 실현하기 위해 대가를 치를 각오가 되어 있는지 가슴에 손을 얹고 스스로에게 물어 봅시다. 자, 그렇게 할 준비가 되어 있습니까?

사랑이 당신에게
손짓할 때

사랑은 서로 모르는 사람들을 친구가 되게 하고

우리의 좋은 점들을 키워 줍니다.

우리는 사랑받고 있다는 것을 느낄 때

더욱더 강해지고 삶에 최선을 다하게 됩니다.

우리는 사랑하는 사람들의 내면에 숨겨져 있는 성장 가능성을 찾아 낼 수 있으며, 그들의 마음속에 감추어져 있는 진실들을 찾아볼 수도 있습니다. 우리들의 진실한 격려와 약속은 그들의 성공을 가로막는 장애물들과 맞서 싸울 수 있도록 그들을 도와 줄 수 있습니다. 그리고 우리도 그런 도움을 받게 될 것입니다. 결국 우리는 인생이라는 여정을 함께 헤쳐 나가지 않으면 안 되니까 말입니다.

사회가 필요로 하는 능력을 서로에게서 이끌어 내줄 수 있는 우리는 훌륭한 한 쌍이 될 것입니다. 그러나 혼자 있게 될 때면 우리는 때로 안으로 움츠러들어서 사회에 제공해야 할 우리의 재능을 제대로 발휘하지 못하는 수도 있습니다. 이렇듯 사랑을 표현하는 것은 개별적인 인간들뿐 아니라 사회의 발전에도 도움이 됩니다.

　　　　　　주위에 아무도 없는 세상을 상상하기란 매우 어려운 일입니다. 당신의 이웃은 이 세상에서 가장 소중한 것들 중 하나입니다. 당신 역시 그들에게 소중합니다.

　당신의 가족과 친구와 그 밖의 모든 사람들에게 성실합시다. 모든 사람들이 당신의 친구입니다. 한순간의 작은 실수로 친구를 잃는 일이 없도록 합시다.

　가끔 사랑을 비웃는 사람들을 봅니다. 그들은 결혼도 비웃습니다. 행복도 비웃습니다. 왜냐하면 그들에게는 마음 속 깊은 상처를 받았던 좋지 않은 경험이 있기 때문입니다. 그들은 아름다운 인생의 어떠한 부분도 의심하면서 경계합니다.

　이런 사람들의 이야기에 마음 쓰지 마십시오. 사랑이란 행복한 삶을 누리기 위한 필요조건입니다. 그러니 당신의 온 마음과 정신을 쏟아 사랑이라는 모험을 하십시오. 당신의 모든 것을 걸만큼 그 모험에는 상당한 가치가 있습니다.

사랑이란 우리가 사랑하려고 하는 주위 사람들을 위한 배려와 그들을 받아들이는 일, 그리고 그들에 대해 관심을 가지는 일을 의미합니다. 다른 사람들에게 우리의 정신과 마음을 진정으로 쏟아 부은 후에야 우리는 그들을 사랑할 수 있습니다. 또 우리는 우리 자신을 잊어버려야만 우리를 발견할 수가 있는 것입니다. 사랑은 참으로 가치 있고 필요한 것입니다.

우리가 마음속에 지니고 있는 고통과 가장 인간적인 유산의 한 부분인 크고 작은 상처, 또 자기중심적인 세상 속에서 살아남기 위한 치열한 경쟁들 때문에 우리는 사랑에 반드시 따라다니는 자아의 희생을 실천하기가 어려운 것이 사실입니다. 사랑한다는 것은 적어도 이러한 자기 헌신과 자기의 생각과 욕구를 다른 사람에게 향하게 하는 일이며, 그것은 언제나 자기애와 지기 이익의 포기를 의미한다는 것을 우리는 알아야 합니다.

삶에는 여러 가지 유형이 있습니다. 당신의 삶에도 하나의 특별한 유형이 있습니다. 당신의 삶에도 하나의 특별한 유형이 있습니다. 당신의 삶에서 은혜로웠던 순간들을 돌이켜 봅시다. 그 순간들은 당신 삶의 새로운 전환점들이었을 것입니다.

당신의 삶에 새로운 차원을 더해 준 모든 결정의 순간들을 돌이켜 봅시다. 그러한 순간들을 더욱 의미 있게 만들어 준 사람들과 일들을 소중히 간직합시다.

이것이 바로 당신의 역사입니다. 용기를 냅시다. 당신은 지금 잘하고 있습니다. 당신의 미래를 향해 앞으로 나아갑시다.

당신의 과거를 뒤돌아보았을 때 모든 것이 잘못되었고 최선을 다한 것조차 실패하고 말았다고 생각된다 하더라도 용기를 잃지 맙시다. 지금 다시 시작합시다. 그러면 어둑 속에서 밝은 빛이 떠오를 것입니다. 언제든지 너무 늦은 때란 없는 법입니다.

우리의 마음은 때로는 소리 없이, 또 때로는 신경질적으로 평안함을 요구합니다. 그러나 만일 우리가 다른 사람들의 마음으로부터 오는 요구를 들을 수 있다면, 우리 자신의 마음은 우리가 간절히 바라는 안락함을 찾을 수 있을 것입니다.

우리가 우리들의 마음속에 조심스럽게 자리하고 있는 다른 사람들을 향해 친밀하고도 따뜻한 사랑의 눈길을 보낼 수 있다면, 우리는 다른 사람들의 마음도 우리들 자신의 마음과 마찬가지로 받아들여지기를 간절히 바라고 있다는 것을 느낄 수 있을 것입니다.

목표한 바를 다 이루었노라고 절대로 우리는 말할 수 없습니다. 우리가 동경하던 것을 찾았다고 절대로 우리는 말할 수 없습니다. 무엇을 하든 우리는 목적지에 아주 조금 가까이 갈 수 있을 뿐입니다. 우리는 언제나 우리 자신에 대하여 새로운 질문을 던져야 합니다.

이것은 우리가 우리 자신에 대해 전혀 모르고 있다고 말하려는 것이 아니며, 우리의 용기와 희망을 과소평가 하려는 것도 아닙니다. 다만 우리의 생(生)이 다할 때까지 자신을 갈고 닦는 데 그 목적이 있다 하겠습니다. 비록 우리가 목적한 것에 조금 가까이 다가갈 수 있을 뿐이더라도 우리는 항상 새롭게 시작하고 끊임없이 도전해야 합니다. 우리의 마음은 그런 후에야 편안하게 쉴 수 있을 것입니다.

내가 당신을 처음 만나 알게 된 후 당신은
얼마동안 내 곁에서 멀리 떠나 있어야 했습니다. 나는 당신의 노란
여름 원피스를 떠올려 보았습니다. 우리가 처음 만났을 때 당신은
그 옷을 입고 있었습니다.

그때 사실 나는 몹시 두려웠습니다. 몇 시간 동안 화젯거리에 부
족을 느끼지 않으면서 당신과 이야기를 할 수 있을지 자신이 없었
던 것입니다.

그런데 내 염려와는 달리 나는 내가 지금까지 인식하지 못한 내
안에 있는 여러 가지 것들에 대해 이야기했고, 당신은 그것들을 이
해해 주었습니다.

나 역시 기쁜 마음으로 당신의 말에 귀 기울이며, 당신이 무슨 이
야기를 하고 내 말에 어떤 반응을 보일지 마음속으로 점쳐 보기도

하였습니다. 당신의 감정이 흐르는 소리를 들을 수 있었기에 그 일은 가능하였습니다.

　그리고 우리의 첫 만남에서 나는 이미 침묵이 전혀 곤혹스럽지 않고, 오히려 매우 아름답기까지 하다는 사실을 깨달았습니다. 왜냐하면 당신이 나에게 아무런 말없이 당신과 침묵을 함께 나눌 수 있는 자유를 주었기 때문입니다.

　몇 달 전 이 모든 일이 있고 난 후, 우리의 사랑은 성장했습니다. 당신과 함께 있으면 나는 행복감에 젖게 됩니다. 그래서 당신과의 만남이 기다려지는 것입니다.

다람쥐 쳇바퀴 돌듯 일정한 틀에 박혀 분주히 살아가는 동안에 우리는 사랑하는 방법을 잊어버린 것은 아닐까요?

그러나 우리는 사랑이 우리의 주의를 환기시켜 주고, 우리가 나아갈 방향을 알려 준다는 사실을 가끔씩 생각해 보아야 할 필요가 있습니다. 우리가 우리 자신뿐만 아니라 모든 다른 사람들까지도 사랑할 때, 우리는 성급한 행동을 하지 않으며 혼란스러움을 느끼지 않습니다. 사랑은 순간순간 우리에게 삶의 올바른 모습과 생기를 가져다줍니다.

끊임없이 되풀이되는 삶 속에서 누군가의 사랑을 받고 있음을 느낄 때, 우리는 우리 자신과 그들의 소중함을 생각하며 때로는 고통스러운 순간에서조차도 새로운 사랑을 할 수 있는 용기를 얻게 됩니다.

　낮 동안의 분주한 움직임이 마음의 평화를 깨뜨려 놓을 때, 잠시 우리의 고삐를 늦추고 조금은 자유로운 마음을 갖고 우리가 사랑하는 사람들을 지켜보아야 합니다. 그리고 그들을 보며 우리는 우리를 사로잡고 있는 것이 무엇인지, 우리의 삶 속에서 의미 있는 것들이 무엇인가를 생각해 보아야 합니다.

　사랑은 아무렇게나 흐트러진 삶 속에서도 아름다운 음악을 창조해 냅니다. 그리고 누군가에게 사랑을 줄 때, 우리의 가슴속으로부터 행복한 노래들이 솟아날 것입니다.

사랑은 결코 이유를 묻지 않으며 아낌없이 주고도 혹시 모자라지는 않자 걱정합니다. 사랑은 인내의 한계를 모릅니다. 그리고 사랑에는 믿음의 끝도 없습니다. 사랑하기 위해 먼저 해야 할 일은 믿는 일입니다. 믿기 위해 먼저 해야 할 일은 사랑하는 일입니다. 다른 모든 것이 사라진다고 해도 사랑은 영원히 존재합니다. 영원성을 지니지 못한 사랑은 끝을 맺기 마련입니다.

인생의 가장 큰 행복은 나에게 단점이 있음에도 불구하고 나의 장점을 지켜봐 주고 사랑해 주는 누군가가 있다는 확신입니다.

인생길을 걷다 보면, 때때로 어둠을 불사르는 태양이 자취를 감추고 보이지 않을 때가 있습니다. 그럴 때는 분발하기보다는 오히려 참고 기다리는 편이 더 나을 수도 있습니다. 힘겹게 애쓰기보다는 편안한 마음으로 제자리를 지키는 편이 더 낫습니다. 말로 고통을 드러내기보다는 침묵 속에서 홀로 견디는 편이 훨씬 의미 있을 수 있습니다.

때가 되면 나 자신이 진실 안에서 살고 있었음이 겉으로 드러날 것입니다.

가을의 단풍처럼 다채롭고 눈송이의 결정(結晶)처럼 섬세한 느낌은 사랑에 묻어옵니다. 사랑은 우리들이 서로 손을 맞잡고 성장을 향해 손을 뻗칠 수 있도록 힘을 줍니다. 그리고 우리가 서로 사랑을 주고받는 그 다정한 순간들은 별로 말을 하지 않아도 사랑의 깊은 의미를 느낄 수 있습니다.

우리는 다른 사람으로부터 사랑을 받아야만 우리가 완성될 수 있다고 잘못 생각하고 있습니다. 그래서 우리는 사랑을 위해 싸우고, 사랑을 갈구(渴求)합니다. 그러나 우리는 이기적이지 않은 사랑을 나누어 줄 때만 진실한 사랑을 받을 수 있게 됩니다. 사랑을 받고 싶으면 사랑을 받기에 앞서 사랑을 주어야 합니다. 이것은 삶의 경이(驚異)들 가운데 하나입니다.

다른 사람을 사랑한다는 것은 우리의 인내심을 시험해 보는 일입니다. 물론 상대방의 사랑을 얻지 못하는 사랑은 두렵고도 괴로운 사랑입니다. 그러나 우리는, 우리가 받을 만한 사랑을 찾기 위해 한 번 더 위험을 무릅써야 합니다.

마음을 활짝 열고 당신의 사랑을 받아들이는 데 평화가 있습니다. 내 가슴을 잔잔합니다. 불안한 걱정을 잠재우고 이제 당신의 뜻을 받아들이겠습니다. 내가 이 시련을 택하지는 않았지만 당신이 하는 일이므로 즐거워하고 싶습니다.

사랑은 내 가슴 속의 외침 하나하나를 다 듣습니다. 상처받음 가슴 한 귀퉁이도 그냥 내버려두거나 지나치지 않습니다. 그 부드러움으로 고통 받는 내 가슴을 덮어줍니다. 사랑은 나를 두려움에서 벗어나게 하며, 모든 죄의 사슬을 끊어 줍니다.

당신의 계획안에서 나를 슬프게 만들 것은 아무것도 없습니다. 나를 위해 당신이 선택한 것이라면 기쁘게 받아들이겠습니다. 한숨을 쉬거나 투덜대지 않고 당신의 사랑 안으로 들어가겠습니다. 그 사랑을 통하여 더 풍부한 삶의 세계로 나아가겠습니다. 당신의 사

랑은 나를 두려움에서 벗어나게 해 주니 마음을 활짝 열고 당신의
사랑을 받아들이는 데 평화가 있습니다.

우리는 잊지 말아야 할 것입니다. 사랑은 주고받는 것입니다. 일방통행일 수는 없습니다. 되돌아와야 합니다.

당신부터 시작하십시오. 내가 아닌 남을 사랑하기 시작하십시오. 그러면 분명 전혀 외롭고 고독하지 않다는 것을 알게 될 것입니다.

그리고 충분한 사랑을 받고 있는 당신을 발견하게 될 것입니다.

사랑은 아무것도 요구하지 않으며, 양보해 주며, 소유하려 하지 않고, 자유롭게 해 줍니다. 사랑은 시기하지 않으며, 아름다운 것을 기리어 칭송해줍니다. 사랑은 낯선 사람들을 친구가 되게 하고, 서로의 괴로움과 아픔을 덜어 주고, 서로의 좋은 점들을 키워 줍니다. 우리가 사랑받고 있다는 것을 느낄 때, 우리는 더욱더 강해지고 우리의 삶에 최선을 다하게 됩니다. 그럴 때 우리는 좀 더 겸손해지고 즐거운 마음으로 살아갈 수 있습니다.

누구든지 항상 자신의 행복을 원합니다. 그러나 그것을 찾아 간직하기란 그리 쉬운 일이 아닙니다. 대체로 사람들은 행복이 재물과 명예 속에 있다고 여기기 때문입니다. 당신이 만약 쾌락의 화려한 궁전을 찾아 헤매는 사람들의 부류에 든다면, 황망한 걸음을 멈추고 마음을 열어 주변 사람들의 정겨운 눈동자를 바라보아야 할 것입니다.

다른 사람들에게 행복을 주려고 노력한다면, 어느 새 당신은 행복해져 있는 자신을 발견할 것입니다. 당신이 이웃에게 베푼 그 행복은 다시 당신에게 돌아와 당신 위에서 찬란히 빛날 것입니다. 이렇듯 행복이란 찾아도 얻지 못하는 것이 아니라 저마다 마음속에 창조하여 이룩하는 그 무엇인 것입니다.

아침이면 새롭게 깨어나 자신의 주변에 불만의 씨앗을 뿌리는 헛된 생각은 모두 버리도록 합시다. 그러면 사랑은 따뜻한 바람처럼 당신을 찾아옵니다.

삶이란 각자에게 주어진 가장 멋진 선물입니다. 지금 당신이 할 수 있는 일은 당신 앞에 놓인 삶을 갈고 닦아 빛내는 것입니다. 그러는 동안 당신은 불현듯 찾아온 사랑의 힘으로 가끔 마음속에 이는 키 높은 파도 따위는 잠재울 수 있습니다.

기쁨의 약속이나 보답 등 아무런 조건에도 얽매이지 않고 상대방을 있는 그대로 순수하게 사랑한다는 것은 대단히 어려운 일입니다. 그렇기 때문에 우리는 그런 기회가 와도 쉽게 잡으려고 하지 않습니다. 그리고 때로 우리가 누군가에게 사랑을 줄 때에는 우리 또한 그들로부터 사랑받기를 원하게 됩니다.

손상되기 쉬운 우리들의 자아는 우리에게 다가오는 간사한 행동이나 헛된 사랑의 말들에 의해 얼마 동안은 상처입지 않은 채로 남아 있을 수 있습니다. 그러나 우리가 사랑을 흥정하거나 사랑에 조건을 내세우게 되면, 사랑은 결코 우리에게 다가오지 않습니다.

우리가 우리 자신을 생각하지 않고 아무런 조건 없이 그 누군가를 사랑하지 않는 한, 진실한 사랑은 언제까지나 우리 앞에 나타나지 않을 것입니다.

내가 아닌 다른 사람들에게 따뜻한 사랑의 빛을 아낌없이 비출 때, 우리는 신비롭게도 그 사랑의 빛이 우리에게 다시 돌아오는 것을 느낄 수 있습니다. 사랑이 있는 인생의 또 다른 신비함이라고나 할까요.

자기중심적인 사람들은 자신의 발전을 꾀하기 위해 존재하는 자아 자체를 파괴해 버립니다. 우리가 지닌 좁은 경험의 눈으로는 개화되기 위해 창조된 우리에게 진보를 약속해 주는 다채로운 삶의 모습을 내다볼 수 없습니다. 관심을 가지고 다른 사람들과 사귀는 것이 우리가 배워야 할 것이 무엇인가를 알 수 있는 유일한 방법입니다. 그것은 타인에 대한 열린 마음과 애정을 가지고 관계를 맺을 때에만 가능해지는 것이기 때문에 우리가 항상 안으로만 파고든다면, 우리가 탐구하려는 정신을 풍요롭게 해줄 세상일들에 관한 여러 가지를 알 수 없게 됩니다.

우리는 때로 주변 사람들의 말에 귀를 기울이지 않거나, 심지어는 그들을 가치 있는 존재로 인정하지 않기도 합니다. 하지만 그들은 우리에게 행복을 발견할 수 있는 중요한 단서를 넌지시 깨우쳐 주

사랑, 그 달콤함에 대하여

는 사람들입니다. 그들의 말에 귀 기울이지 않는다면 우리의 삶은 혼란에 빠져 방향을 잃어버리게 될 것입니다.

산딸기를 번식시키기 위해서는 사이를 띄어 심고 물을 주어야 하는 것처럼, 행복이 무엇인가를 알기 위해서는 우리도 우정의 씨앗을 싹 틔워 정성스럽게 키워 가야만 합니다. 그리고 다른 사람들이 들려주는 마음의 소리에 귀를 기울이고 열린 마음으로 그들과 함께 어울릴 때, 우리는 자신의 뚜렷한 내일을 멀리 바라볼 수 있을 것입니다.

당신은 멀리 있지 않고 언제나 내 곁에 있습니다. 당신은 나를 비추어 주려고, 나를 용서해 주려고, 내 어깨에 얹힌 삶의 무게를 덜어 주려고, 매일 매일의 고독 속에 있는 나를 떠나지 않으려고 바로 여기 있습니다.

　삶의 의미를 잃어버렸다면 삶의 참된 이유를 찾아야 하고, 사랑의 의미를 잃어버렸다면 우선 누구를 사랑해야 할 것인지 알아야 하고, 걷는 의미를 모른다면 먼저 어디로 가는지 목적지를 알아야 하고, 어떤 행동에 의미가 없다면 자기가 무엇을 행하고 있는지 살펴보아야 할 것입니다.

　당신의 사랑은 나의 아침 햇살이 되고, 모든 어려움을 헤쳐 나가는 길이 되며, 나의 모든 일에 강한 동기가 됩니다. 당신은 내 희망의 담보가 되고, 사랑을 실천하는 힘이 되고, 나의 피곤을 풀어 주는 휴식처가 되고, 나의 보금자리가 되어 줍니다.

사랑은 영혼까지도
변화시킨다

잠시 시간을 내어 주위에 있는 다른 사람들에게

관심을 가져 주고 그들의 이야기를 듣는다는 것

그것은 그들을 위한 사랑의 표현입니다.

다른 사람들에게도 관심을 가져 주는 애정이 담긴

마음으로 우리의 삶은 풍요로워집니다.

우리가 따뜻한 애정과 정다운 몸짓과 평화로운 마음을 가지고 모든 사람들과 모든 경험들을 맞이할 때, 우리 앞날은 밝게 펼쳐질 것입니다.

　우리들의 생각을 이끌어 주고 우리들의 행동을 순수하게 해 주는 사랑의 감정을 지니고 있을 때, 틀림없이 우리는 삶의 순간순간 즐거움을 발견할 수 있을 것입니다.

그 누군가로부터 '당신을 사랑합니다.'라는 말을 들었을 때, 우리는 어떤 기분이 될까요? 온몸으로 퍼져오는 따뜻함을 느낄까요? 아니면 조금 더 키가 자란 것 같은 느낌을 받을까요? 또는 그것이 우리를 언제나 미소 짓도록 만들까요? 사랑의 말들은 우리를 격려해 주고, 우리가 지닌 장점들을 우리에게 일깨워 줍니다. 새로운 마음가짐으로 삶의 방향을 바꾸어 목표를 세우고, 미지의 것들을 알아내기 위해 노력을 기울이도록 할 만큼 사랑의 말들은 우리에게 용기를 줍니다.

우리가 서로 사랑을 주고받는 것은 삶의 힘겨운 나날들을 여유 있게 참고 견디어 내도록 해 줍니다. 사나운 비바람이 거세게 몰아치는 날에도 사랑하는 사람과 함께 있으면 두렵거나 쓸쓸하게 느껴지지 않습니다. 아무리 힘든 도전일지라도 사랑하는 사람이 우리를 이

끌어 주고 성공할 수 있다는 확실한 믿음을 우리에게 심어 줄 때, 우리는 위축되지 않을 것입니다. 우리가 사랑받고 있다고 느낄 때, 우리의 두 눈은 더욱 반짝이며 우리의 삶은 생기로 가득 찰 것입니다.

사랑은 존재를 가능케 하는 힘입니다. 우리가 매일 성취해야 할 과업입니다.

사랑은 가정에 기쁨과 행복을 심어 주고, 오늘을 보람차게, 내일을 희망 속에 살게 합니다. 또한 사랑은 우주의 신비로운 조화 속에 퍼져 나오는 침묵의 노래이며, 금강석처럼 단단한 삶의 능력을 캐내는 광산이며, 따스하게 거리를 비추는 햇빛입니다.

사랑은 매순간 자기를 자기 안에 가두어 버리는 모든 이기주의를 불살라 버리고, 삶의 굴레 속에 파묻어 버린 진솔한 마음의 촛불을 밝히는 일입니다.

사랑은 인생의 황혼을 감싸 안는 한없는 기쁨과 평온함입니다. 내 안에서 육체와 영혼과 생명이 되는 근원입니다.

당신을 사랑하는 사람으로서 세상을 감싸고 싶습니다. 신선하고

경쾌한 노래가 되어 깊이 잠들어 있는 이 세상을 흔들어 깨우고 싶
습니다.

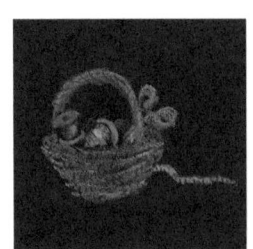

누군가가 우리를 진심으로 사랑해 줄 때, 우리는 항상 그들의 사랑을 느낄 수 있습니다. 그러나 사랑이 말로 표현되었다고 하더라도 그 사랑의 말이 진정한 마음에서 나오는 것이 아니라면, 우리는 그 말에 귀를 기울이지 않습니다. 우리는 그런 사랑의 말을 듣기는 하지만 우리의 마음은 그 사랑을 느끼지 못합니다. 그리고 마침내는 두 사람 사이의 거리가 점점 더 멀어져 둘은 여전히 외로운 사람들로 남게 됩니다.

진짜가 귀하면 귀할수록 그만큼 가짜가 판을 치게 됩니다.

거짓된 사랑이 수없이 많습니다. 사랑이라고 여겨지는 숱한 것들이 사실은 알맹이 없는 빈 껍질에 지나지 않습니다. 이것은 의식적으로 속이려는 차원에서뿐만 아니라 더욱 깊은 내면세계에서도 비롯됩니다.

사랑, 그 달콤함에 대하여

진정한 사랑은 서로 믿는 것입니다. 반면, 거짓된 사랑은 믿지 않는 것입니다. 사랑하는 사람과 대화를 하고, 사랑하는 사람에게 편지를 쓰고, 사랑하는 사람에게 무엇인가를 해 줄 때 혹시 어리석다고 여겨지지나 않을까, 그가 나를 받아들여 줄까 하고 마음 졸였던 적이 우리는 얼마나 많았습니까?

사실 우리는 서로에 대해 충분히 믿지 못하고 있습니다. 신뢰를 선물로 줄 만큼 충분히 그들을 사랑하고 있지 않은 것입니다.

우리는 동정이나 관심이나 시간이나 돈 등을 주는 데는 큰 어려움을 겪지 않지만 오히려 받는 데는 큰 어려움을 겪습니다. 사랑의 선물을 받는 입장에 있다는 사실이 우리에게는 견디기 어려운 고통으로 다가옵니다. 받는 것이 곧 가장 크게 주는 것이라는 지혜를 우리는 미처 깨닫지 못하고 있습니다.

진정한 사랑은 용서를 할 뿐만 아니라 용서를 받아들이기도 하는 것입니다. 용서를 받아들인다는 것은 잘못이나 실수로 인해 자신을 더 이상 자책하지 않는다는 것을 뜻합니다. 왜냐하면 사랑받는다는 것은 완전하려고 하는 가면을 쓰지 않아야 한다는 사실을 받아들이는 것이기 때문입니다.

우리의 사랑은 욕망으로부터 우리의 정신을 어느 정도 떼어 놓을 수 있느냐 하는 것에 비례하여 성숙할 수가 있는 것입니다.

우리의 정신과 우리 욕망의 목적이 다른 사람을 위해 존재할 때, 그리고 우리의 모든 행동이 우리 자신에 대한 관심에서가 아니라 다른 사람에 대한 관심에서부터 나오는 것일 때, 비로소 우리는 진정한 사랑의 성취감을 맛볼 수 있는 것입니다.

어느 시집의 한 페이지에서 다음과 같은 구절을 읽었습니다.

'벽돌담이 감옥이 될 수 없으며 철창이 곧 우리는 아니다!'

그렇습니다. 그것은 사실입니다. 거기에 덧붙여 당신은 이것도 알게 될 것입니다. 당신이 정처 없이 떠돌아다니다가 훌륭한 성을 발견했다 하더라도 그 안의 대리석 기둥과 황금 벽이 결코 당신의 가정이 될 수 없음을 말입니다.

가정에는 항상 사랑이 깃들어 있습니다. 그곳에서 우리는 마음 놓고 편안하게 쉴 수 있습니다.

내가 가장 소중히 여기고 가장 가치 있다고 생각하는 것은 코발트 빛의 하늘과 고요한 언덕의 평화로움과 숲 속의 작은 오두막, 그리고 파릇파릇한 잔디 위의 평안함과 새들의 지저귐과 실개천의 속삭임, 소리 없이 흘러가는 구름의 그림자, 비온 뒤의 활기차고 싱그러운 대지와 꽃향기 등입니다.

그러나 무엇보다 좋은 것은 다정한 벗과 함께 이러한 풍경 속을 걷는 것입니다.

물론 육체적인 아름다움도 중요합니다. 당신이 미인은 아니라고 합시다. 그래도 당신은 당신만의 아름다움을 지니고 있습니다. 당신은 당신이기에 특별한 것입니다.

착한 마음과 남을 사랑할 줄 아는 마음은 아주 평범한 사람들을 매력 있게 만들어 줍니다.

조금도 실망하지 맙시다. 이와 같이 진정한 당신의 아름다움은 언제나 행복한 모습으로 자신이 살아 있음에 대해 기뻐하며, 그 기쁨을 남에게도 나누어 주는 그 마음에 있습니다.

당신 자신의 고유한 아름다움을 인정합시다. 그리고 자신에게 이렇게 말합시다. '나는 아름답다.' — 네, 그렇습니다.

당신은 진정 아름답습니다.

사랑은 오직 꿈꾸는 동안에만 영원한 행복을 약속합니다.

우리는 경험을 통하여 사랑의 여러 가지 모습을 보아 왔습니다. 사랑은 때로 기쁨이며, 때로는 열정이고, 또 때로는 웃음과 슬픔 사이의 평온함이기도 합니다. 사랑은 부드럽지만 때로는 가시도 있음을 알아야 합니다.

사랑은 끊임없이 변화합니다. 한 번의 미소는 얼마 동안 사랑의 시간 안에 우리를 가두어 놓겠지만, 위험의 징조는 우리를 움직이게 하고 그 일에 대하여 적당한 조치를 취하게 하고는 다음의 결정을 내리도록 재촉합니다.

내 꿈속에 있는 당신과 지금 있는 그대로의 당신이 내 안에서 심한 싸움을 하고 있습니다. 그것은 내가 내 꿈을 버리기 아쉬워하기 때문입니다.

당신이, 내가 바라는 당신과 너무나 다르지 않을까 하는 두려움으로 인해 나는 있는 그대로의 당신을 차마 알려고 하지 않는 것입니다.

그러나 꿈에서 깨어나면, 나는 당신이 부질없는 꿈보다는 한결 더 소중하다는 것을, 내가 줄곧 머릿속에 그리던 흑백 사진보다 당신의 색깔이 훨씬 다채롭다는 것을, 그리고 내가 상상할 수 있는 그 무엇보다 당신의 힘이 훨씬 강하다는 것을, 끊임없이 변화를 모색하는 당신이기에 항상 참신하다는 것을 깨닫습니다. 있는 그대로의 당신이 바로 나의 사랑입니다.

우리들이 살아가면서 이룩하려고 하는 삶의 목표나 방향은 다른 사람들에게 우리를 둘러싸고 있는 삶의 틀에서 그들이 얼마나 중요한 사람들인지를 확인시켜 주는 데 있습니다. 그리고 우리들 개개인이 이 삶의 목적을 이루었을 때, 우리가 잘 못하고 있을지도 모른다는 두려움과 긴장은 깨끗이 잊혀질 것입니다.

　　　　　당신을 생각하지 않는 것, 그리고 우리 사이를 생각하지 않는 것은 무척 어려운 일입니다. 그러나 나의 일을 계획대로 완전하게 해내고, 나 자신을 잃지 않는 가운데 당신을 사랑하려면 어쩔 수 없는 일입니다.

　당신과 함께 있지 않는 것이 당신과 더욱 가까이 있는 것이 되고, 침묵하는 것이 더 많은 이야기를 하는 것이 되고, 당신을 자유롭게 함으로써 당신을 더욱더 사랑하게 되는 때가 언제나 계속되리라는 것을 나는 알고 있습니다.

　나는 어제 당신에게 편지를 썼습니다. 며칠 전 당신이 내게 한 말이 마음에 걸렸기 때문입니다.

　나는 편지를 바로 부치지 않고, 오늘 다시 읽어 본 후에 부치고 싶었습니다. 내가 하고 싶었던 말들을 적절하게 적어 내려갔는지를

사랑은 영혼까지도 변화시킨다

객관적인 마음으로 바라보고 싶었기 때문입니다.

그런데 편지를 다시 읽고 나니, 내가 지나치게 민감한 반응을 보였다는 사실을 깨달았습니다.

그래서 편지를 찢어 버릴까 하다가 시간을 두고 다시 생각해 보았습니다. 시간이 지났다고 해서 어제 내가 느낀 감정을 당신에게 숨길 필요가 있을까 하고.

그렇습니다. 나는 가능한 한 많은 것을 당신과 함께 나누고 싶습니다. 단지 기쁨과 행복만이 아니라 내 모든 것 전부를 말입니다.

당신은 때때로 당신의 주변 세계로부터 구속되고 짓눌리고 이용당하고 억압당한다고 불평불만을 터뜨립니다. 그러나 당신은 스스로 구속당하게 내버려 두기 때문에 구속을 받는 것입니다. 당신은 스스로 자신에게 책임을 지우고자 짓눌리는 것입니다. 당신은 스스로 선택하기를 포기하기 때문에 이용당하는 것입니다. 당신은 일을 함에 있어서 다른 사람이 싫어할지도 모르는 결과를 두려워하기 때문에 억압을 당하는 것입니다.

당신은 자신이 아닌 다른 곳에서 원인을 찾으려 하고, 그 누군가에게 책임을 돌리려 하고 있습니다. 그렇게 함으로써 당신은 당신의 그릇된 태도를 바꾸지 않으려 하고 있는 것입니다. 당신은 스스로가 내린 결정에 대해 책임을 지려 하지 않기 때문에 진정한 자유를 누리지 못하고 있습니다.

당신은 배워야 합니다. 구속된 듯 한 느낌과 구속되었다는 사실의 차이를, 짓눌린 느낌과 짓눌렸기 때문에 취하는 태도의 차이를, 선택의 기회를 거부한 것과 선택의 기회가 주어지지 않은 것의 차이를 알아야 할 것입니다. 당신이 무한한 자유의 원천을 찾아 자유로워지려면, 먼저 자기 자신을 들여다보아야 합니다.

사랑을 한 번도 받아보지 못한 처지라면 어떻게 사랑할 수가 있단 말입니까? 검은색과 흰색 사이에는 언제나 회색이 있게 마련입니다. 우리는 누구든지 자아에 대한 자기애로부터 벗어나, 타인의 행복을 위한 진정한 사랑을 가질 수 있는 능력을 어느 정도는 가지고 있습니다. 우리 자신 속에 잠재해 있는 능력을 실천하는 것만큼 우리는 사랑을 받을 것입니다. 처음에는 비록 아주 조금만 사랑할 수밖에 없을지라도 우리는 그 조금만큼 사랑을 받을 것입니다. 그리고 우리가 받은 그 작은 사랑은 우리를 이끌어서 점점 자라게 할 것입니다.

우리가 가지고 있는 능력이 많든 적든 우리는 사랑의 능력을 발휘하지 않으면 안 됩니다. 필요한 노력과 헌신을 아끼지 않은 한 우리에게 다시 돌아올 사랑이 우리를 키우고 강하게 만들 것입니다. 이러한 자기 헌신에 있어서 한 가지 유의해야 할 것은 우리의 정신이 항상 자기 자신에게서 벗어나 있어야 한다는 것입니다. 또한 우리가 베푼 사랑에 대해서 보상을 생각하거나 요구해서는 안 된다는 것입니다.

누군가를 구속한다는 것은 사랑이 아닙니다. 참으로 일반적인 상식과는 반대되는 이야기지만, 진실한 사랑은 우리를 자유롭게 놓아 줍니다. 진실한 사랑이란, 새로운 경험을 위해 자유로이 떠날 수 있게 해 주고 돌아오고 싶을 때는 언제라도 다시 돌아올 수 있도록 용기를 주는 것입니다.

우리는 친구든 사랑하는 사람이든 그들이 우리에게 소중하게 여겨질 때는 소유하려고 하는 경향이 있습니다. 또한, 우리가 그의 가치를 높이 인정하면 할수록 그를 놓아 주려고 하지 않습니다.

그러나 소중한 사람을 잃게 되지는 않을까 하는 두려운 마음으로 인해 그들에게 집착하고 그들의 성장을 가로막는다면, 언젠가 그들은 지친 모습으로 우리 곁을 떠나게 될 것입니다. 또 그럼으로써 우리 자신의 성장까지도 가로막게 됩니다. 그리고 우리는 곧 "무엇이 잘못되었을까?" 하며 괴로움과 슬픔에 사로잡히게 되는 것입니다.

우리가 진정한 사랑을 알기 위해서는 자유롭게 성장하고, 끊임없이 변화를 추구해야만 합니다.

우리가 다른 사람들의 관심을 끌고, 그것을 확인하고 싶어 하는 것처럼 다른 사람들도 관심을 끌고 인정을 받고 싶어 합니다. 그러나 슬프게도 우리는 우리가 접하게 되는 사람들이나 사건들에 별다른 관심을 기울여 오지 않았습니다.

잠시 걸음을 멈추고 꽃과 어린이와 바쁘고 어수선한 하루의 고요한 순간들을 지켜보겠다는 결정은 우리 스스로가 내려야 할 것입니다. 우리가 잠시 시간을 내어 주위에 있는 다른 사람들에게 관심을 가져 주고 그들의 이야기를 듣는다는 것, 그것은 그들을 위한 사랑의 표현이 되어 줄 것입니다.

우리들 각자의 삶은 다른 사람들에게도 관심을 가져 주는 애정이 담긴 마음을 통해 더욱 밝고 풍요로워집니다.

진심으로 우리는 마음을 다하여 다른 사람의 행복을 빌어 줄 수 있는가? 또한 우리는 정말 남들이 우리를 위해 무엇을 해 줄 것인가를 생각하기 전에 우리가 그들을 위해 무엇을 해 줄 것인가를 물을 수 있는가? — 진정으로 사랑하기를 원한다면, 우리는 항상 이러한 질문들을 스스로에게 던져야만 합니다.

표현하는 사랑이
아름답다

사랑하는 사람이나 친구 또는 낯모르는

사람들에게까지도 사랑을 베푸는 것은

사랑을 위해 남겨 둔

우리의 빈자리를 채워 주는 일입니다.

인생은 우리가 겪는 것과 마찬가지로 위인들이나 성인(聖人)들에게도 어렵고 힘겨운 것이었습니다. 하지만 그들이 남다를 수 있었던 것은 인생의 높은 벽 앞에서 좌절하지 않았기 때문입니다.

때때로 우리는 인생이 희망 없고 의미 없다고 여겨지는 생각과 싸워야 합니다. 그 싸움이 힘겨울 때, 우리가 자만할 정도로 너무 오래는 말고, 용기를 잃지 않을 만큼 잠깐씩 그들의 인생이라는 무대의 뒷면을 훔쳐봅시다. 겉으로 보기엔 웃음과 기쁨과 행복만이 존재할 것 같은 그 곳에도 눈물과 슬픔이 있다는 것을 알게 될 것입니다.

그렇습니다. 그 어느 누구도 예외일 수는 없습니다. 그것들은 당신이 밟고 선 땅을 더욱 견고하게 해 주는 소나기와 같은 것이라고 생각합시다. 용기를 냅시다. 그리고 다시 시작합시다.

사랑의 의미를 배웁시다. 사랑이 당신 삶의 중심이 되게 합시다. 나를 사랑하고, 남을 사랑합시다. 사랑을 어떤 막연하고 냉정한 방법으로 하지는 맙시다. 진정한 마음으로 사랑합시다.

당신이 사람들과 대화를 나눌 때는 상대방의 눈을 응시합니다. 사소한 이야기일지라도 관심을 기울임으로써 그들이 당신에게 소중하다는 것을 알게 합시다.

당신이 애정을 쏟을 사람들을 선택합시다. 그리고 당신이 그들을 사랑하고 있음을 알려 줍시다.

우리는 대부분 자기만족에만 관심을 두고, 우리가 무슨 일을 하든지 그것을 우리의 안락과 행복으로 연결시키려고 합니다. 우리는 매우 품위 있고 교묘한 방법으로 이기심을 드러냅시다. 진정한 행복과 만족이란 진실한 사랑을 통해서만 얻을 수 있는 것이므로 이러한 자기 우선주의는 행복과 만족에 절대적인 걸림돌이 됩니다. 만약 우리 자신의 행복과 충족만을 위해 일생을 보내겠다고 결정한다면, 우리 앞에는 실패와 고독만이 있을 것입니다. 우리가 다른 사람의 만족과 행복을 위해 일생을 바치겠다고 결심한다면, 우리는 분명 우리 자신의 행복과 만족을 얻을 수 있을 것입니다.

자기 자신의 만족만을 애써 구하는 사람이나 사랑을 자기만족의 수단으로 이용하려는 사람은, 아직 그 사람의 모든 것이 그의 자아에 집중되어 있기 때문에 그런 사랑은 아무런 열매도 맺지 못할 것입니다. 사람의 성장은 그 사람의 시야가 얼마나 넓은가에 따라 이루어집니다. 자기 자신만의 만족과 행복을 얻기 위해서 다른 사람을 사랑하기로 결심한 사람은 실망만을 맛보게 되고 정신적인 성숙도 기대하지 못할 것입니다. 왜냐하면 그의 시야에는 아직도 자기 자신밖에 보이지 않기 때문입니다.

따라서 어떠한 모습으로든지 자신을 만족시키기 위한 수단으로 사랑을 해서는 안 됩니다. 만약 사랑을 그런 수단으로 생각한다면, 우리는 여전히 허망한 시간 속에 머물 뿐이며, 언제나 채워지지 않는 욕구만을 가진 채 자신 안에서 제자리걸음만 하게 될 뿐입니다.

우리는 타인을 수단으로 이용해서는 절대로 안 되며, 다른 사람을 사랑의 최종 목적으로 삼아야 합니다.

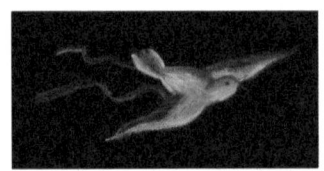

우리는 자기 자신만의 욕구 충족을 원하는 이기적인 사랑이 우리를 압도한다는 말은 들은 적이 있습니다. 그리고 순간적 만남으로 사랑에 빠지는 것을 영화에서 흔히 보아 왔습니다. 또한 자기를 위해 헌신적인 사랑을 아끼지 않는 배우자를 속이고 업신여기는 사람의 이야기도 책에서 읽었습니다. 사랑의 진정한 의미를 알지 못한 채 스쳐 지나는 바람 같은 사랑을 일삼는 사람들의 "일부일처제는 자연 법칙에 어긋나는 것." 이라는 외침도 들어왔습니다. 우리는 사랑을 할 수 있느냐 없느냐는 아름답고 훌륭한 외모와 멋진 승용차를 소유하고 있느냐 없느냐에 따라 결정되어진다고 생각하게끔 은연중에 세뇌되어 왔습니다.

그러나 우리에게 사랑의 수고로움에 대해 말해 준 사람은 거의 없습니다. 도중에서 그치지 않는, 아니 그칠 수 없는 자기희생이라는

사랑, 그 달콤함에 대하여

책임과 우리 감정의 나약함을 다스릴 의지와 우리 이상의 그 무엇이 되려는 노력 속에서도 사랑하기를 멈추지 않으려는 결심에 대하여 말해 주지는 않는 것입니다.

참된 사랑이란 서로의 소망이 이루어지는 것을 축복해 주고, 삶의 방향이 각기 다를지라도 함께 살아가는 것에 기쁨을 느끼며, 멀리 헤어져 있는 동안에도 서로가 성숙해지리라는 것을 의심하지 않는 것입니다.

감정에 치우치지 않는 분별 있는 건전한 사랑의 모습이 어디에 있는지를 알고 있는 사람은 거의 없습니다. 그러나 우리가 우리 개인의 목표나 우리의 공포, 우리의 꿈들에 대해 정직해질 수 있다면, 그리고 또한 사랑하는 사람에게 자신의 정직함을 열어 보일 수 있다면, 그 때 우리는 우리에게 다가오는 두터운 믿음과 사랑을 발견할 수 있을 것입니다.

우리에게 주어진 확실한 시간, 그것은 지금이 순간뿐입니다. 내일은 어떨까, 다음 주엔 어떨까, 그리고 또 내년엔 어떨까 하는 꿈을 꿀 수는 있지만, 그러한 시간들은 결코 보장된 시간이 아닙니다. 그러므로 우리는 우리 자신과 남을 위해 지금이 순간 충실해야 합니다.

우리와 더불어 오늘을 살아가고 있는 주위의 많은 소중한 사람들 중 어느 한 사람에게라도 진실한 사랑이 담긴 마음을 표현했던 적이 있나요? 사랑을 표현하려는 노력은 어쩌면 작은 것일지도 모르나, 사랑이 담긴 격려의 말을 주고받는 두 사람에게 불러일으키는 반향은 대단히 큰 것입니다.

우리는 친구가 우리의 육체를 위해 먹을 것과 마실 것, 입을 것을 주기를 바라지는 않습니다. 다만 우리는 친구가 우리의 영혼을 위해 그렇게 해주기를 바랄 뿐입니다.

　이처럼 우리가 친구를 위해 할 수 있는 가장 좋은 일은 그의 영혼에 도움을 줄 수 있는 친구가 되는 것입니다.

　　　　　서로 사랑합시다. 우리 사이에 사랑만이
자리하도록 따뜻한 마음으로 서로를 소중히 여기면서 살아갑시다.
그러면 우리는 굳게 뭉칠 수 있을 것입니다.

　서로 사랑합시다. 그러나 남이 나를 소중히 여긴다는 것을 확인하
고 난 후에야 남을 사랑하려 해서는 안 됩니다. 닫힌 마음의 빗장을
풀고 다른 모든 이를 먼저 사랑하며 소중히 여겨야 합니다.

　우리가 손을 내밀면 더 굳게 마음을 닫는 사람에게는 더 큰 사랑
으로 다가갑시다. 어떠한 불화도 꺼 버리고, 어떤 상처도 낫게 하
며, 어떤 분열도 화합시키고자 하는 사랑의 노력을 다합시다. 사랑
으로써 서로의 잘못을 용서합시다. 서로 존경하고 진심으로 서로를
받아들이는 마음으로 사랑합시다.

　넓은 마음으로 서로 사랑합시다. 어려움을 서로 나눌 줄 알고 언

제나 기뻐할 줄 아는 사람이 됩시다. 언제나 사랑과 호의에 가득 찬 눈으로 서로를 바라봅시다.

새로운 친구를 사귑시다. 그러나 옛 친구를 계속 간직합시다. 새로운 친구와의 우정은 마치 갓 빚은 술과 같지만, 세월이 흐를수록 그것은 더욱 향기롭고 맑아집니다.

세월의 숱한 변화를 겪으며 성장해 온 우정은 진정 참된 것입니다. 나이가 들어 이마에 주름이 생기고 백발이 성성해져도 우정은 결코 늙지 않습니다.

오랜 옛 친구들과 함께 있으면 당신은 다시 젊어질 수 있습니다. 물론 새로운 친구들도 당신의 마음속에 소중한 우정을 심어 줄 것입니다.

새로운 것도 좋으나 오래된 것은 더욱 좋습니다. 새 친구를 사귑시다. 그러나 옛 친구를 계속 간직합시다. 새로운 친구가 은이라면 옛 친구는 금입니다.

사랑하는 사람이나 친구, 또는 낯모르는 사람들에게까지도 사랑을 베푸는 것은 사랑을 위해 남겨 둔 우리의 빈자리를 채워 주는 일입니다. 그럼으로써 우리는 표현된 사랑 속에 깃든 따뜻한 애정으로 밝게 성장할 것입니다.

사랑을 베풀 때, 우리들의 마음은 결코 가난하지 않습니다. 그리고 우리는 사랑으로 가득 찬 인생의 길을 단순한 우연이 아니라 신의 뜻에 의해 만나게 된 사람들과 함께 걸어갈 것입니다.

왜 이렇게 세상은 잔인할까요? 서로 미워하는 세상입니다. 전쟁에 휘말려 상처받는 세상입니다. 순진한 어린이들이 죽어가는 세상…… 왜 그래야만 하는지 나는 모르겠습니다. 그런 가운데서 당신을 만났습니다.

당신이 나에게 맑은 물이 흘러넘치는 샘을 주었기에 나는 심한 갈증에서 벗어났습니다. 당신이 나에게 사랑을 주었기에 혼자라는 외로움의 공포에서 벗어났습니다.

이제 나는 알았습니다. 당신과 함께라면 이 세상은 결코 잔인하지 않다는 것을. 당신으로 인해 사랑을 알았고, 그래도 세상은 아름답다는 것을 알았기에 나는 용기를 갖습니다.

우리는 이 사회라는 틀 속에서 종종 외로움을 느낍니다. 그러나 당신이 만약 자기 자신보다 더 믿고 사랑할 수 있는 그런 사람을 만나게 된다면, 그 소중한 사람에게 일생 동안 우정을 바치십시오.

우리가 특별한 애정이나 호감을 갖고 있지 않는 한, 어린 아이에게 새로운 기술을 배워 익히게 한다는 것은 매우 힘든 일입니다. 또 우리의 아내나 남편, 사랑하는 사람이 새롭게 자신의 길을 추구해 나갈 때, 그 길에 동행하지 않은 채 멀리서 그것을 지켜본다는 것은 더욱더 어려운 일입니다. 그러나 상대방이 그들 자신의 삶의 방향과 개인적인 성취감을 찾아 떠나려 할 때, 그들을 진정한 마음으로 도와주어야만 우리의 사랑은 깊고 진실해질 수 있습니다.

친구나 사랑하는 사람이나 그 누군가가 우리의 곁을 떠난다 할지라도, 그 헤어짐은 우리들의 성장을 위한 밑거름이 되어 줄 것입니다. 사랑하는 사람이 그 자신을 위한 새로운 경험을 위해 떠나는 것을 우리는 두려워하지 말아야 합니다.

　가정이든 마음속에서든 사랑하는 사람들을 구속할 때, 우리는 그들의 사랑을 지킬 수 없습니다.

무엇인가가 솟아 나오는 당신의 사랑을 가로막을 때 아픔은 일어납니다. 어떤 이들은 '아픔을 느낄 때까지 사랑하라.'고 말합니다. 하지만 나는 '아픔이 멎을 때까지 사랑하라.'고 말하겠습니다. 이것은 당신의 사랑이 당신 자신의 일부처럼 느껴질 때 이루어질 수 있는 것입니다.

헤아린다는 것은 한계를 의미하는 것입니다. 그러기에 헤아려 본다는 것은 사랑하는 마음에도 한계를 긋는 것이 됩니다. 진정한 사랑은 눈에 보이지 않는 것이기에 헤아릴 수 없습니다.

비교한다는 것 역시 하나의 헤아림이기 때문에 한계를 긋는 것입니다. 한 사람을 다른 사람과 비교한다는 것은 한계를 긋고 그 사람에게 줄 수 있는 사랑을 제한하는 행위입니다.

이러한 모든 한계를 극복한 사랑은 우리 사랑의 귀감이 됩니다.

표현하는 사랑이 아름답다

그 큰 사랑은 헤아릴 수 없을 만큼 무한한 것입니다. 그러므로 우리는 한평생 그 끝없는 사랑을 향해 나아가야 합니다.

우리는 작고 유한한 인간이기에 무한하고 성스러운 것을 희미하게만 볼 수 있을 뿐입니다. 그러나 우리에게는 사랑할 수 있는 무한한 능력이 있습니다. 그 큰 사랑을 다 알았노라는 망상에 사로잡히지 않기 위해서 우리는 결코 사랑을 헤아려서는 안 됩니다.

당신은 절대로 사랑을 잡아둘 수 없을 것입니다. 유한한 인간인 당신은 결코 무한한 것을 잡을 수 없습니다. 다만 우리는 그저 사랑에 굴복해야 할 뿐입니다.

삶은 우리가 사귄 벗들로 인해, 그리고 그들과 함께 나누고 있는 것들로 인해 즐거운 것입니다. 어쩌면 우리는 우리 자신 때문이 아니라 우리에게 관심을 갖고 아껴주는 사람들 때문에 그토록 살기를 원하고 있는지도 모릅니다.

자기 외에 누군가를 위해 살고, 그들을 위해 무엇인가를 하는 것이야말로 가장 훌륭한 인생을 사는 것입니다.

그로 인한 모든 기쁨은 결국 참된 우정을 나눌 수 있는 친구를 사귐으로써 얻게 되는 것입니다.

기쁨이 메마르고 실의에 빠졌을 때, 헤어날 길 없는 늪에 빠진 것처럼 삶의 극단적인 상황에 처하게 될 때, 우리는 산다는 것이 가치 있는 일이며 살아 있다는 것이 훌륭하고 아름다운 일이라는 것을 비로소 배우기 시작하게 됩니다.

표현하는 사랑이 아름답다

고통과 슬픔, 실망과 좌절을 통해서 기쁨과 웃음과 사랑을 배워 온 사람만이 깊은 인생의 의미를 파악한 사람이라 말할 수 있을 것입니다.

　삶에 대한 경외와 미래의 불확실성에 대한 두려움은 삶의 기쁨과 함께 있는 것입니다.

우리는 누구나 외로움을 느낍니다. 그러나 우리들 중 그 누구도 외로움을 다른 이들과 함께 나누려고 하지 않습니다. 그러나 우리가 우리 자신을 사랑하고 싶을 때, 그 사랑을 다른 사람에게도 나누어 준다면 이 세상은 얼마나 아름다워질까요?

친밀감을 느낀다는 것은 누군가에게 손길을 뻗치는 데서 오는 멋진 선물 가운데 하나입니다. 그리고 다른 사람들과 함께 마치 하나가 된 것 같은 일체감을 느끼고, 그들이 우리의 삶을 얼마나 풍요롭게 해 주는지를 깨닫는 것 역시 우리가 다른 사람들과 유대 관계를 맺으려 할 때 우리에게 주어지는 또 다른 선물입니다.

풍요로운 삶은 다른 사람들과 맺은 유대 관계의 크기에 정비례합니다. 자, 그렇다면 우리는 우리들 자신을 다른 사람들과 단절시킴으로써 고독과 외로움을 느낄 것인가, 아니면 다른 사람들과 손을 맞잡고 그들의 상처를 어루만져 줌으로써 사랑이 주는 행복을 경험할 것인가 하는 두 가지 중에서 어느 것을 택해야만 할까요?

당신이 없으면 너무도 외롭습니다. 그러나 나는 그 외로움을 견디어 내겠습니다. 내가 당신 곁에 있으려고 하는 것은 고독에서 벗어나기 위해서만은 아닙니다.

단지 고독을 피하기 위해 만나는 것은 바람직하지 못합니다. 둘이 함께 있더라도 깊은 고독감에 빠지는 일은 가능하기 때문입니다. 둘이 만났다가 하나가 되지 못하고 다시 둘로 헤어지고 마는 것은 모든 것을 함께 나눌 줄 모르고, 자신의 고독에서 벗어나기 위하여 상대방을 이용하려고만 했기 때문입니다.

나는 이별의 시간을 통하여 홀로 있는 법을 터득하고, 홀로 있는 가운데 보다 성숙한 마음을 배워, 다시 만날 당신과 함께 나누려고 합니다. 나는 기꺼이 이 시간을 내 성찰의 시간으로 여기겠습니다.

사랑이 있습니다. 갈매기의 울음 속에서, 떨어지는 마지막 잎새를 뒤쫓는 바람 속에서, 어린 아이의 속삭임에서 사랑의 소리를 듣습니다.

동물 형상의 뭉게구름 속에서, 수십 년 묵은 고목에서, 구십이 넘은 할머니의 주름진 얼굴에서 사랑을 음미합니다.

검은 빵 속 달콤한 밀알에서, 한 다발의 이름 모를 들꽃의 그윽한 향기에서, 손바닥 가득 떠올린 맑은 개울물에서 사랑의 냄새를 맡습니다.

비에 씻긴 신선한 공기에서, 가을날 포도(鋪道) 위에 겹겹이 깔린 낙엽에서 사랑을 느낍니다.

아, 이제 알겠습니다. 사랑은 언제나 내 곁에서 나와 함께 호흡하고 있다는 것을 나는 알았습니다.

사랑하니까
사랑하는 것이다

당신의 사랑을 배울 수 있도록 내 마음을 넓힙니다.

남을 이해하고 나와 다른 생각까지도

받아들일 줄 아는 그런 넓은 마음이 되게 합니다.

이제 내 마음은 당신의 사랑 안에서 마냥 넓어집니다.

우리는 가끔 우리들 자신의 발전을 위한 노력은 소홀히 하면서 자신보다 나은 사람들과 비슷해지고 싶어 합니다.

그러나 그런 생각은 우리들로 하여금 진실한 사랑을 할 수 없게 만들고, 나아가 우리들의 성숙을 방해할 뿐입니다.

우리들 개개인의 특성을 탐구해 나가지 않는다면, 우리는 우리가 지니고 있는 재능을 찾아 낼 수도, 키워 나갈 수도 없는 것입니다. 우리가 지닌 사랑을 가장 진실하게 표현할 때, 우리는 비로소 우리 자신뿐만 아니라 우리가 닮고 싶어 하는 바로 그 사람들의 진정한 재능을 발견해 낼 수 있습니다.

　　　　　지금 이 순간 당신은 진정 행복하십니까? 아
니면 먼 과거의 시간을 더듬어야 당신 삶의 행복을 찾아 낼 수 있습
니까? 지금 그것을 발견한다면, 혹시 당신은 과거에는 행복하지 않
았다고 말할지도 모르겠습니다.

　지금 이 순간 행복 합시다. 행복이 있을 때마다 그것을 두 팔로 껴
안읍시다. 그리고 삶이 우리를 위해 차려 놓은 작은 기쁨의 전율들
을 느껴 봅시다.

　따뜻한 한 잔의 차와 알맞게 익은 과일들, 기름이 그득한 연료 탱
크, 굽이치는 황금물결의 보리밭, 아름답게 하늘을 물들인 저녁놀,
그리고 당신의 다정한 벗들이 들려주는 우정의 노래 등 우리 주변
에서 쉽게 찾을 수 있는 행복을 놓치지 맙시다.

　항상 황금 덩어리를 찾으려고 애쓰지 맙시다. 그 일은 오래지 않

아 당신을 지루하고 피곤하게 만들 것입니다. 다만 눈에 보이는 자그마한 금싸라기를 즐기며 삽시다. 그것이 바로 당신의 행복이 될 것입니다.

꽃밭에 씨앗을 심거나 환자를 돌보거나 아이들을 가르치는 등 사랑이 담긴 몸짓을 보여 줄 기회는 얼마든지 있습니다. 왜냐하면 사랑이란 하나의 마음가짐이며 우리들 모두가 지니고 있는, 그리고 또 지니고 싶어 하는 감사의 마음에서 우러나오는 것이기 때문입니다.

우리는 정성껏 꽃밭을 가꾸듯이 그렇게 사랑을 키워 나가고 있는 것입니다.

가끔 우리는 사랑했기에 선택했던 대상과 함께 있으면서도 그들에게 상처를 주었던 순간들을 떠올리며 후회하기도 하고 부끄러워하기도 합니다. 그러나 다행스럽게도 우리는 완전해져야 할 필요는 없습니다. 왜냐하면 그 한순간 한순간들이 우리가 새롭게 만나게 될 많은 사람들과 우리의 삶 속에서 겪게 될 여러 사건들을 슬기롭

게 대처할 수 있게 해줌으로써 그와 같은 후회를 반복하는 일이 없

도록 하는 기회가 되어 주기 때문입니다.

우리는 깨어 있는 순간순간 삶에 대처해 나가고 있습니다. 그리고 삶에 대처해 나가는 우리의 자세는 우리의 마음가짐에 달려 있습니다.

따스한 햇살이 우리를 감싸고, 꽃향기가 코끝을 간지럽힐 때, 우리는 그리 어렵지 않게 누군가를 사랑할 수도 또 넉넉한 미소를 보낼 수도 있습니다. 그러나 우리의 태도가 부정적일 때, 우리는 대단치 않은 일로 화를 내기도 하고 사람들의 허물을 들추어내어 비난하기도 합니다. 그러므로 우리는 우리의 눈길이 미치는 모든 대상들을 사랑의 눈길로 지켜보겠다는, 간단하지만 쉽지만은 않은 다짐을 해야겠습니다.

우리의 마음이 항상 사랑과 웃음으로 채워져 있는 한, 헤쳐 나가기 힘든 일은 아무것도 없다는 것을 우리는 알게 될 것입니다. 아무리 어려운 문제라도 오래도록 풀리지 않은 채로 남아 있지는 않는 법입니다.

그 누가 즐거운 인생길을 나와 함께 걸어 줄 것입니까? 그렇습니다. 그는 바로 기쁨과 환희에 가득찬 벗입니다.

마음껏 소리 내어 크게 웃으며 기분 좋은 공상에 젖어 마치 더 이상 바랄 것이 없는 행복한 어린 아이처럼 벗과 함께 걸어갈 나의 인생길은 들판에 만발한 아름다운 꽃들이 길가에도 피어 있는 그런 곳일 것입니다.

한낮에도 하늘의 비차는 별들을 마음의 눈으로 볼 줄 아는 벗, 하루를 마감하며 조용히 쉴 수 있고, 나와 함께 걸으며 나를 격려해 주고 용기를 주는 벗.

그런 벗과 함께라면 나는 기꺼이 즐겁게 인생길을 끝까지 걸어갈 것입니다. 폭염 속이라도, 한겨울 뜻밖에 내리는 차가운 빗속에라도 말입니다.

우정이란 상호간의 자비심입니다. 그것은 서로로 하여금 자신의 행복뿐 아니라 상대방의 행복까지도 기원하게 합니다. 이와 같은 애정은 대체로 서로의 기질과 습관의 비슷함에서 생겨나고 유지됩니다.

이러한 두 사람의 사이의 진정한 우정은 불후의 것이 될 것입니다.

당신의 사랑을 배울 수 있도록 내 마음을 넓힙니다. 이해관계를 따지지 않고 관대하게 자신을 내어 줄 수 있도록 상처 입은 이 마음을 열어 보입니다. 내가 입을 열 때 모든 대화가 사랑의 나눔이 되도록 먼저 마음을 열어 보입니다.

하나가 되기 위해 모든 노력을 기울일 수 있도록 내 마음이 모든 이에게로 다가갑니다. 그 어느 누구와도 훈훈한 정으로 사귈 수 있도록 내 마음을 열어 보입니다.

남을 이해하고 나와 다른 생각가지도 받아들일 줄 아는 그런 넓은 마음이 되게 합니다. 사람을 소중히 여기는 마음이 식지 않도록 사랑이 흐르는 계곡을 향해 내 마음을 열어 보입니다. 내 마음을 열어 희생을 두려워하지 않는 마음이 되게 합니다.

이제 내 마음은 당신의 사랑 안에서 마냥 넓어집니다.

축복받은 사랑일지라도 때로는 서로에게 화를 내고 상처를 입히기도 합니다. 그러나 살아한다는 것은 모든 사람들에 대한 이해를 넓히는 것이며, 때로는 우리의 자만심을 조금은 버리는 것이기도 합니다. 그것이 우리의 마음속에 언제나 간직되어 있지는 않을지라도, 스스로 좀 더 겸손해지고 건전해진다는 것은 우리가 다른 사람들을 사랑할 때 얻게 되는 가장 큰 선물입니다.

분노라는 것은 뚜렷한 대상이 없는 것이든 불쾌하게 여기는 어떤 일이나 사람 때문에 생겨난 것이든 오후 내내 또는 하루 종일, 심지어는 한 주일이 다 지날 때까지도 우리의 기분을 망쳐 놓습니다. 그러나 우리가 겪는 일을 어떻게 받아들이느냐 하는 것은 모두 마음가짐에 달려 있습니다. 아무리 싫어하는 일이나 사람이라도 우리가 묵시적인 동의를 하지 않는 한, 우리에게서 행복을 빼앗아갈 수는 없는 것입니다.

우리들은 얼마나 쉽게 부정적인 마음을 갖는 것일까요? 우리는 그 잘난 이기심으로 상대방의 사소한 실수도 용납하지 못하고 화를 냅니다. 그러나 우리는 언제나 부정의 물살에 휩쓸리는 일이 없도록 마음가짐을 바르게 해야겠습니다.

우리는 대부분 마음이 평화로울 때, 사랑
으로부터 오는 선물을 꿈꾸며 우리 자신이 언제나 마음으로부터 솟
아나는 따뜻함과 웃음과 희망찬 기대로 채워져 있다는 상상을 하게
됩니다. 그러나 우리의 상상력의 시야는 얼마나 좁은 것인지요! 사
랑은 우리에게 성장을 약속합니다. 그리고 성장이란 사랑하는 사람
과 얼마 동안 헤어져 있는 다거나, 앞으로의 방향에 대한 결정을 내
리기 위해 말다툼을 하는 과정을 의미할 수도 있습니다. 눈물과 두
려움은 우리가 누군가를 사랑하게 될 때 흔히 겪어야만 하는 그런
것들입니다.

모든 경험은 비록 그 경험이 좋지 않은 경험이라 하더라도 우리에
게 도움이 된다는 것을 잊지 말아야 합니다. 우리는 자신이 감당해
낼 수 있는 만큼만 받아들일 수 있으며, 우리가 처해 있는 상황에 알

맞은 것을 받아들이게 될 것입니다.

　잃어버린다는 것에 대한 두려움으로 마음 한 구석에 아픔을 느낀다는 것은, 우리가 정신적으로 안정되어 있으며 모든 일이 다 잘 되어 가고 있다는 것을 깨닫게 해 주는 것입니다.

누구나 군중심리의 원칙, 즉 정치, 잡지, TV 연속극, 노래 등을 통해서 사랑은 돈으로 살 수 없다는 것을 잘 알고 있습니다. 이 세상에 있는 돈을 모두 준다고 해도 그것은 살 수 없습니다. 더욱이 돈으로 사랑하는 사람을 소유할 수는 없습니다. 물건은 소유할 수 있으나 사람은 소유할 수 없습니다.

사랑을 조작하려는 그 어떤 노력도 사랑의 참모습을 퇴색시킬 뿐입니다. 사랑하는 사람에게 주는 진실한 선물이란, 사랑을 조작하기 위한 것이 아니라 단지 당신이 간직한 사랑을 표현하기 위한 것이어야 합니다. 그러나 사랑의 표현 방법은 그다지 중요하지 않습니다. 표현할 그 어떤 것이 있다는 것이 중요합니다.

사랑은 사랑하는 사람을 소유하려고 하거나 자기 뜻대로 만들려고 노력하는 것이 아니라 그가 자신의 뜻대로 최선을 다할 수 있도록 자유롭게 놓아두는 배려를 아끼지 않는 것입니다.

"네가 나에게 그것을 준다면 나는 너에게 이것을 주겠다."

이와 같은 말은 진실한 사랑에서 나온 것이 아닙니다.

"나는 아무런 조건 없이 이것을 너에게 주겠다. 너는 나에게 소중하며, 내가 너를 사랑하고, 네가 사랑받고 있다는 것을 알기를 원하기 때문이다."

이런 말이 아니라면 그것은 진실한 사랑이 아닙니다.

이제 당신을 안지도 여러 달이 되어 처음의 그 흥분은 가라앉고, 그래서 나는 때때로 우리의 사랑이 시들어 감을 느낍니다.

그러나 나는 마음속에 새롭고도 확고한, 우리의 허약한 관계의 기복에 얽매이지 않는 사랑이 건재함과 당신에게 가까이 다가가려는 강력한 의지와 주변에서 일어나는 일과는 무관하게 내 삶을 당신과 나누려는 의지가 있음을 깨닫고 있습니다.

이제 사랑의 흥분이 사랑을 위한 노력으로 바뀌게 되니 한없이 기쁩니다. 사랑이 태동하려면 사랑에 안주하려는 자세는 버려야 할 것입니다. 당신을 향한 나의 사랑은 온갖 고통과 함께 자라지만 내 주변 세계를 변화시킵니다.

당신과 함께 거니는 거리가 새로운 모습으로 열리고, 우리가 이야기하는 책들이 새로운 의미를 지니게 됩니다. 또한 예전에는 그저 소홀히 지나치던 사물을 사랑하게 됩니다.

이렇듯 나의 고독은 자취를 감추고, 그 대신 주변 세계와의 새로운 관계가 이룩되었습니다. 당신을 만남으로써 이 세계와 접촉을 시작했기 때문입니다.

나에 대한 하느님의 사랑은 당신의 손길을 통해 드러나며, 나는 당신을 통해서 변하고 있습니다.

우리의 사랑이 진실 되고 순수하고 깊어지려면, 우리에게는 차분하고 편안한 마음, 깊이 생각할 수 있는 침묵이 필요합니다. 복잡하고 시끄러운 세상의 소음이 내 귀를 멀게 하고, 과다한 업무에서 오는 스트레스가 나를 괴롭히며, 의미 없는 속세의 경쟁이 나를 매어 놓습니다.

나는 당신의 도움이 필요합니다. 내 마음 한 구석에 침묵의 자리를 마련하여 들을 줄 알고 기쁘게 받아들일 줄 아는 침묵, 사랑으로 고통을 나눌 수 있는 침묵, 차분한 마음으로 사물을 바라볼 수 있는 침묵, 눈으로 본 것을 깊이 명상할 줄 아는 침묵, 언제나 새로움을 창조하고 언제나 기쁨을 함께 할 줄 아는 침묵을 잃고 싶지 않습니다.

아침부터 저녁까지 쉬지 않고 돌아가는 레코드가 되고 싶지는 않습니다. 생각할 줄 알고, 귀 기울여 들을 줄 알고, 무엇이든 배우려고 애쓰는 당신을 보면서 나도 자극을 받습니다.

　당신은 내 마음을 속속들이 들추어내지만, 한편으로는 위로하고 격려함으로써 용기를 줍니다. 나의 모든 잘못을 지적해 주고 내 앞에 놓인 이 험난한 삶의 길을 올바르게 걸을 수 있도록 도와줍니다. 나는 당신이 이끌어 주는 이 길만이 나를 참된 인간으로 완성시켜 준다는 것을 잘 압니다.

친구란 마음속의 모든 것을 숨김없이 털어

놓을 수 있는 사람입니다. 아무리 사소한 것일지라도, 아무리 부끄

러운 것일지라도 그 모든 것을 이해하고 받아들임으로써 부드럽게

위로해 주기 때문입니다. 또한 간직할 가치가 있는 것은 간직하고,

그렇지 않은 것은 상냥한 입김으로 날려버리기 때문입니다.

우정은 행복한 나날을 더욱 빛내 줍니다. 또한 어려울 때는 고통

을 함께 나눔으로써 그것의 무게를 덜어 주고, 나의 고통도 자신의

것인 양 마음 아파합니다.

따라서 우리는 비록 농담일지라도 친구의 마음을 상하게 하는 일

은 없어야 할 것입니다.

충분히 노력했다고 생각될 때, 한 걸음 더 나아가 깊이 사랑합시다. 어려움에 부딪쳐 더 이상 그를 위해 노력하고 싶은 마음이 없어질 때, 힘을 내어 내 앞에 놓인 장애를 넘어 더 깊이 사랑합시다. 남을 위해 좀 더 힘써야 할 때 편안함을 위해 나의 의무를 저버리고 싶은 마음을 초월하여 더 깊이 사랑합시다. 이기심에서 자신의 껍질 속에 숨고 싶을 때, 그 껍질을 깨뜨리고 내가 먼저 상대방에게 한 걸음 다가갑시다. 부당하게 희생당했다고 항의하고 싶을 때, 더 큰 사랑으로 침묵합시다.

다른 사람의 허물을 들추어 말하고 싶을 때, 마음속에 사랑을 불러일으켜 화제를 바꿉시다. 남을 위해 희생하고 싶은 마음이 없어질 때, 더 큰 사랑으로 관대한 길을 택합시다. 사람을 소중히 여기는 것이 어렵고 이에 대하여 반발을 느낄 때, 핑계를 접어두고 더 큰 사랑을 가집시다.

이렇게 할 때 모든 것이 본디 그대로의 평온을 되찾을 것입니다.

　　　　　　당신이 두 가지 중 한 가지를 결정해야만 할 때는 50년 후 안경을 쓰고 보십시오. 그리고 그것이 어떤 것이든 자세히 들여다보십시오.

　지금으로부터 50년 후를 내다보았을 때, 그다지 문제되지 않을 거라면 지금 크게 문제 삼을 필요가 없지 않을까요? 먼 앞날을 바라보며 일이 이어지게 합시다.

　그러나 일단 선택을 할 때에는 다른 사람들에 대한 배려를 잊지 맙시다. 당신이 하찮게 생각하는 일이 그들에게는 매우 중요한 것일 수도 있으니 말입니다.

　우리는 때때로 사랑하는 사람이나 친구들과 얼마 동안 헤어져 있게 될 수도 있는데, 그럴 때면 견디기 힘든 외로움이 우리의 사랑에 의혹을 품게 할 수도 있습니다. 그러나 우리는 조건 없는 사랑을 함

사랑, 그 달콤함에 대하여

으로써 마음의 평화를 찾을 수 있을 것입니다.

　사랑의 말은 부드럽고 사랑의 영상은 따뜻하지만, 사랑은 언제나 따뜻하고 부드러운 시간들만을 주는 것은 아닙니다. 사랑은 때로 우리의 마음에 상처를 주고 쓸쓸하게 텅 빈 가슴을 안겨 줍니다. 또한 사랑은 우리를 위로해 주고 마음을 편안하게 해 준다고 생각하지만, 언제나 그런 것만은 아닙니다. 그리고 사랑은 상처를 깨끗하게 씻어 주지만, 그 상처는 때가 되어야만 아물게 되는 것입니다. 그러나 참된 사랑을 알려는 욕구는 언제나 우리를 함께 모이도록 해 줍니다.

사랑, 그 달콤함에 대하여

1판 1쇄 펴낸 날 | 2012년 9월 03일
엮은이 | 윤 영
펴낸곳 | 북팜
주소 | 서울 마포구 연남로 30
전화 | 02-337-0549
팩스 | 02-337-0546

ISBN 978-89-97959-11-2(03810)

값 13,000